爱情不过你有病我有药

牛莹 作品

江苏凤凰文艺出版社
JIANGSU PHOENIX LITERATURE AND ART PUBLISHING LTD

汹涌人潮里，紧紧握着你

你在这里，我哪儿也不去

目　录

第一章

在最好的年纪遇见你

1

大一刚开学，我对在不同教学楼里上的各种大课晕头转向，每次上早课，我总是顶着怎么也压不下去的乱发，赶在老师点名之前，才急三火四地冲进教室。

那天依旧是踩着铃声进的教室，前排座位已经满人，我只能一屁股坐到了最后一排，没想到旁边竟然坐了一帅哥。

老师让我们画图，我两手空空，只能拍拍他：“同学，借我支笔呗。”

帅哥没说话，从鼓鼓囊囊的笔袋里掏出一支削得刚刚好的2B铅笔递给我。

我瞧了瞧他那沓整整齐齐的白纸：“同学，再借我张纸呗。”

他又从自己的文件夹里抽出一张A4白纸递给我。

有了纸和笔，我便随意画，三两下纸就满了，于是又听老师说：“这是第一个图像，接下来……”

what?

我又捅了捅旁边的帅哥：“同学，再借个橡皮呗。”

帅哥看我一眼，从笔袋掏出橡皮递给我，问了一句：“同学，你来上课，难道什么都不带吗？”

我也看他一眼：“咋可能啥都不带呢？我这不带了煎饼果子嘛！”

他好笑地看了看还热乎的煎饼果子，咽了咽口水。

我很义气地把煎饼果子一分为二递给他一半：“趁热吃，后排老师看不到。”

他看看我：“你怎么知道我没吃？”

我看看他：“能早起吃早餐的人会坐最后一排？”

他颇为赞同地点点头，我们同时埋下头开吃，这是我和解小哥作为同班同学的第一次交流。

估计是上了大学没了压力，加上一宿舍的人都在吃吃喝喝，学期还没过半，我就从九十斤飙升到一百二十斤。长肉的速度快到上周末买的新裤子这周末就提不上了，视频时连我妈都差点儿认不出她亲闺女。

一胖毁所有，系里本来有个对我挺有好感的男生，我有心发展一下。自从我胖成球后，人家见我就躲，我很生气，看不起谁呢？老娘瘦成一道闪电吓死你。

减肥哪有那么容易？三分钟我就放弃了，但老天非要帮我，让我把钱包弄丢了。我翻遍裤兜只找到二十块，好家伙，这才月初呢，老妈刚给了生活费，这下没钱吃饭了，想不瘦都难啊。

花两块钱买了一斤绿苹果，我盘算得很好，一天吃半斤，二十块钱撑一个月，绰绰有余。好不容易吃了两顿，晚上实在饿得睡不着，我很生气，减肥是人干的事儿吗？胖怎么了？胖才是检验真爱的唯一标准！

可是，想继续胖下去也得有钱吃饭啊，我不想再问老妈拿钱，也不想问同学借钱。我摸了摸自己壮实的胳膊和大腿，决定靠双手勤劳致富。

我点开据说神人很多的学校BBS上的勤工俭学版块，很快就被一个新发布的重金招工消息给吸引了：诚招创业助手，五百一天，工资日结。真是天助我也，趁着兴奋劲儿，我记下上面留的号码，把电话打了过去。

“你好。”一声音温和的男生接通了。

“你好，我想应征助手。”

对方犹豫了一下：“你多少斤？”

一听这话我就毛了，这傻子会聊天吗？哪有一上来就问女生体重的？再说做个兼职还要看体重吗？老娘报个实数吓死你：“一米五，一百二！”

对方愣了几秒，估计在脑补立方体，随后拍板道：“就你了！三点学校操场见。”

什么？

我脑子有些混乱地看了看表，两点五十五，我去！见胖子要不要这么着急啊？

2

胡乱套了件运动衫，我披头散发穿着拖鞋就往操场跑去，心想第一次工作面试，守时很重要。

等我屁颠屁颠奔到操场，就看到一位身材高大的运动范男生背对着我打电话，等他转过头来，我后退两步：靠，这不是我们班的才子解小哥吗？

解小哥看到我也愣了：“你……就是那个一米五一百二？”

我嘴角抽搐，笑容尴尬，再看看自己身上这套抠脚大汉的打扮，真是悲催。

我和解小哥虽然在同一个班，但大一基本都是几个班合在一起上的大课，就算同班也没太多交流，平日见面也就点个头，可以说，我俩自开学时一起在课堂上偷吃过一次煎饼果子后，就再无交集。

估计我这号小透明对解小哥来说可能就是模模糊糊的一摊水印，然而一米八三的个子，顶着一张偶像剧男一号的脸，加上专业第一的解小哥，对我们这一届的女生而言，特别是对我们胖子宿舍的女同学，简直是每晚卧谈会上如数家珍般的特约嘉宾。

有了这层浅薄的同学关系，我和解小哥间的氛围顿时轻松愉快不少。

在体育场看台上坐定，解小哥迫不及待地跟我说他的计划："明天光棍节，我打算创业，请你做我的助手。"

我本来只想赚个生活费，没想到跟创业这么高大上的行为挂上钩，像解小哥这样的高才生，保不齐以后就是霸道总裁啊，如果我成为他的原始成员，那我以后的富豪梦岂不是触手可及？

好，简直太好了。

我莫名激动，一脸崇拜地看着他："你打算怎么个创业法？"

"我打算明天傍晚卖玫瑰花，深夜卖避孕套，第二天一大早卖避孕药。"

"……"我顿了三秒，擦了擦脑门儿上的汗，误会，看来是场误会。

虽然解小哥靠摆地摊创业这事我觉得有点儿悬，但不得不承认，在大多数的人只知道长肉的时候，男神就有了地摊一条龙的创业想法，甭管成功与否，这种弄潮儿的冲劲和闯劲，都是值得称赞的。

看我表情变换，小哥笑了笑："别勉强，不愿意干也没关系，很多人来应征又打了退堂鼓，你不是第一个。"

我摸了摸口袋里只剩两块的硬币，问他："工钱当真一天五百？"

他愣了一下，肯定地点点头。

我头一昂："行，我干！"

虽然我不想卖套又卖药，但一分钱难倒女汉子，我要吃饭要自力更生，再说连男神都不怕丢人，我这种番薯还怕什么？

解小哥没想到我会答应，很是高兴："好，就这么定了，明天我负责进货，傍晚六点食堂门口见。"

第二天傍晚我从食堂吃完饭出来，就看到解小哥已经站在门口。他不知从哪儿搞来两个竹编的背篓，最下面放的是避孕药，中间放的是避孕套，最上面插着大捆玫瑰花，啧啧啧，这智商，不服不行啊。

他把分量轻的背篓递给我："试试重不重，不行再往我这里放一些。"

我拎着快四十斤的竹篓，心想这一晚上，得扼杀掉多少祖国的未来啊？

篓子着实不轻，解小哥帮我托着，上背承重的瞬间，我顿时明白他在电话里问我体重的用意，瘦子压根儿干不了这种体力活，走不了几步估计就累倒了。我那身肉果然没白长，虎背熊腰一起使劲，背篓就稳稳驮在了背上，像个负重的千年老龟。

3

整个校园全是行走的荷尔蒙，解小哥对我这个力量型助手很是满意，我俩背着沉甸甸的竹篓，穿梭在校园各个黑漆漆的角落。

只要看到勾肩搭背 ，成双成对，偷偷亲嘴儿的，我俩就像打劫似的往前一站："十块十块！统统十块！"

为爱痴狂的莘莘学子纷纷掏出腰包，看着越堆越多的十块钱，我和解小哥像打了鸡血一样，用手里的钱照亮前方无尽的黑暗。

在大家的帮衬下，十元一朵的玫瑰花很快卖完了。准备开始售卖第二种"产品"，虽说我做好了心理准备，但毕竟年轻脸皮薄，总觉得有点不好意思。

解小哥默默递来一副口罩："带上吧。"

夜深之时，酒店门口依旧熙熙攘攘，我和解小哥戴着口罩背着竹篓，像两个神经病似的站在门口。解小哥估计也是第一次卖这个，朝地上铺了层塑料布，把篓里的东西都倒出来，有些紧张地朝着来来往往的男女，学着菜市场上卖菜的大妈一样吆喝：“卖杜蕾斯，卖正宗杜蕾斯……”

我脸上一热，虽然丢人，但毕竟一起来的，也不能装路人啊，索性在一旁也跟着小声喊道：“我也是，我也是。”

解小哥这一嗓子果然有用，一会儿围上了一大群青春男女，根本不砍价，上来就掏钱，杜蕾斯很快被销售一空，甚至连明早销售的药也被一并抢空。

我俩没想到第一次摆摊竟然如此成功，怀着巨大的喜悦，我们背着空篓，走在深夜两点的马路上，兴奋得晕晕乎乎的。

进校门之前，解小哥拉着我走进还在营业的肯德基结算工资，我们把卖来的钱全都堆在桌子上，一起喜笑颜开地数着一堆花花绿绿的票子。我虽然只是一打工的，但这好歹也是第一次自力更生，意义非凡啊。

除去进货的费用，我俩净赚一千六。解小哥很仗义地递给我八百，我很厚道地提醒他：“多了多了。”

“不多，没有你的帮忙，我也完不成今晚的计划，那三百算是给你的提成。”

恭敬不如从命，我笑眯眯地收下钱：“以后再摆摊……哦不，再创业，记得叫上我。”

解小哥看我一眼：“怎么，不觉得丢人了？”

“又不止我一个，不是还有你一起陪着丢人嘛。”

他哈哈大笑，我看了眼他一身的牌子货，按捺不住八卦的心：“听说你家很有钱啊，为什么要出来摆摊呢？体验生活？”

小哥喝了口刚点的柠檬茶：“算是吧，我就想看看自己能不能养活自己。”

我吞了口冰淇淋，心中开启满屏弹幕：吃饱了撑的！

第二章

学霸老板和学渣伙计

1

所谓一回生二回熟，周末，中秋，国庆……只要是节假日，哪里有成双对的情侣，哪里就是我和解小哥练摊儿的地方。合作多了，也有了默契，老时间老地点，晚上六点，食堂门口见。

有次下课晚了一些，我回宿舍放东西，饭都没吃就赶着去食堂跟小哥集合。宿舍的猴舍长正好买了水果回来，顺手塞给我一个又大又红的苹果，我高兴坏了，把它藏进小腰包里，就跑下去跟等在食堂门口的解小哥汇合。

为了赶时间，小哥带我走了全是砖道的近路，我们背着沉重的篓子走在砖道上，我这人平时走路就容易绊脚，背了东西脚步更显得沉，越发容易踢到偶尔凸起来的砖块。踉踉跄跄地避开几块砖之后，一不小心还是被绊了一下，我脚一崴，随着一声惊叫扑倒在地，好在我眼疾手快用手掌撑住上半身，才不至于摔成狗啃泥，走在前面的解小哥见状赶紧回头，跑过来扶我。

“别扶我了，赶紧捡东西。”我老远就着急地指了指因为摔跤而从篓子里掉落在地上又散落得到处都是的药盒和套套，人来人往的路上，不赶紧捡的话就被人踩了，我干脆趴在地上，顺势把周围的套套都捡起来。

小哥愣了一下，也赶紧转身去捡，等东西都完好无损地捡回来了，我才松了口气。他有些担心地指了指我的腿：“没事吧？”

我试着走了两步，拍拍自己的象腿，自黑道：“放心，就这直径，没这么容易折的。”

他低声笑了笑，放慢脚步说：“要不我们慢点儿走吧，不着急。”

我恨铁不成钢地告诫他：“时间就是金钱啊老板！”

他想了两秒，点点头说：“那我拉着你。”

说完他不由分说地伸过五指修长的手，用力握住我那只因为撑在地上还有一片污黑的右手。

那天，一高一矮的我们一言不发，迎着夕阳，在有可能遇到同学的路上手拉着手地走过了那条小路，腿上的伤没让我感觉到疼，反而那只污黑的右手，被烫到了。

说也奇怪，那天的生意出奇的冷清，没吃晚饭的肚子时不时地抗议两声，我趁着小哥去上厕所的空隙，偷偷拿出苹果正想吃独食，就听他在后面叫我，我吓了一跳，转过身去，看到他手上拿了一盒创可贴。

“刚才看到旁边有家药店。”他抽出一张递给我，眼睛定格在我手上：“咦？哪里来的苹果？”

他看看我，又看看我手上的苹果，我做了个十分本能的动作：把拿着苹果的手慢慢藏到了身后。

在小哥的狂笑中，我独自吃完了整个苹果，小哥抽着气擦了擦眼角：“没吃晚饭吧？走，一起吃夜宵。”

“不做生意了？”我看了眼前面的摊子。

他麻利地收拾东西：“算了吧，今天人气不旺。”

2

我们进了一家新开的路边餐馆，里面竟然有烧鸭腿。这种在北方小城开的南方口味烧腊店颇为少见。

我流着口水点了鸡油饭，解老板点的鸭腿饭。鸭腿饭先被端上来，不知是不是北方的鸭子特别肥，整个鸭腿显得特别大。看着外皮酥脆金黄、肥得流油的鸭腿，我兴奋得哇哇大叫，请解老板让我先尝一口，解老板想了两秒，面露难色：“这样会有口水。”

“没事，我不嫌弃。”我两眼发光地盯着那只肥鸭腿。”

“我嫌弃。”他说完低下头，毫不愧疚地吃起来。

我脸上一副吃不到也没关系的大度样，内心早已弹幕横飞：竟然敢嫌弃老娘的口水？老娘又没病！小气！矫情！

好在我那份嫩滑的鸡油饭来救了场，我为了显示出大方的正面形象，举起那截鸡腿，十分仗义地让对面请客的解老板咬第一口。

他先是一愣，看着旁边客来客往，脸上的表情非常古怪：“你不怕有口水？”

我甩给他一脸少见多怪的表情：“没事，我不嫌弃。”

看我一直举着鸡腿，他表情复杂地凑过来，象征性地轻轻咬了一口，然后再看着我把他咬过的鸭腿津津有味地吃进肚子里，脸上竟然微微泛红。

美男坐对面，美食在眼前，我心情大好，吃得津津有味。对面的解老板却放下筷子擦擦嘴，拿起桌边的杂志翻起来。

“假如你有超能力，你希望会是哪一种？A.飞翔。B.瞬间移动。C.隐身。D.刀枪不入。”解小哥指着杂志上那个心理测试问我。

我一直对那些惩恶扬善的大侠情有独钟，所以毫不犹豫地选择了刀枪不入。他有些惊讶，说："你如果刀枪不入，就会被人拉去挡子弹，风险是自己承担，好处却是别人的，你为什么要选这个？"

我想都不想，抹一嘴巴油跟他说："这样就能保护我的家人和朋友啊。"

他沉默了几秒，慢慢起身去买单，回来的时候，他坚持把没卖完的东西全倒进了自己的篓子里，然后他背着满满一篓，跟背着空篓搞不清状况的我一起走回学校。

因为练摊儿，我跟这位班里炙手可热的男神几乎有了天天接触的机会。上课时他说为了方便统计进货量，要坐我旁边。放学后他说为了节约时间去出摊，跟我一起去食堂吃饭。就连去图书馆，他也会叫上我，说是要给我推荐几本创业的书籍，能提升我们练摊儿的技能。

但就算是这种接触密度，全年级愣是没人觉得我这种路人甲和光芒四射的解小哥之间能擦出什么爱情火花，就连我自己，也是这么认为的。所以跟小哥在一起的时候，我从来就没有自作多情地掩饰过自我的天性，而小哥在跟我越来越多的接触中，也逐渐看穿我四肢发达、头脑简单的本质。

去图书馆的时候，解小哥借了一本叫《鸟类和哺乳类的形态特征》的书，而我随意翻了几本杂志，困意袭来。

也不知过了多久，小哥合上那本书，推推我，低声问："你喜欢小动物吗？”

我睡眼蒙眬，下意识地回他：“当然喜欢啊。”

他一脸兴致勃勃地问我：“喜欢到什么程度？”

我擦了擦口水说：“顿顿都有吧！”

为了不白来一趟，从图书馆出来，我还是借了一些书的，只不过回到宿舍就放到了书架上，等解小哥提醒我要还书的时候，它们还没有被翻过，于是我决定做点儿什么来补偿没读它们的愧疚感。

等我拿着这几本包着崭新书套的书下楼后，准备帮我还书的解小哥被我蠢了一脸血。

3

不知是不是大学生活太过平静，我们专业有两位老师总是喜欢在平静的生活里做一些惊心动魄的事——心血来潮就会发试卷让我们做测验，当然，为了考卷上的分数不算太难看，还是会提前一到两天通知我们。我这人从来都是临时抱佛脚，有时懒劲儿上来，干脆连佛脚都不抱，只抱着不是哭死就是笑死的良好心态去考试。

等考完出成绩的时候，我怀着买彩票的心情慢慢挪开合在一起的卷子，个位数是0，我嘴里不停地念叨着“666”，慢慢把卷子往后面挪一位，我去！竟然是2！我哀叹一声，为了这次创的新低，决定下课后去大吃一顿。

解小哥看着我一脸纠结的表情，觉得不可思议，他问我：“你是怎么考出这个分数的？”

我不屑地说：“这还不简单？只做对两道题就行。”

说完我扭头看到他桌面上的卷子，虎躯一震，吃惊地问他：“你是怎么考到这个分数的？”

他淡淡地回我：“只做错两道题就行。”

过了一会儿，他又忍不住跟我说：“你考前就不会看一下书？”

我看着表掐算下课时间，边偷偷收拾东西边回应他：“万一第二天考试取消了，那不是白看了？”

他震惊地看着我，就跟看一个外来物种一样。

我一脸平静地告诉他，我在很小的时候生过一场大病，当时父母唯一的期望就是我平安健康，其他的，随便吧。于是，在这种宽松自由的环境下，我自由自在随心所欲地成长，凡事都很乐观，这些年好坏都这么过来了，也没觉得有什么不好，反正计划不如变化快，多想无益嘛。

估计对学霸解小哥来说，是很难理解我这种学渣的自由散漫、不思进取的，这种感觉，就跟好学校里的标语是“再创佳绩，拿下三连冠”，而差学校的口号是“严厉打击校园犯罪”一样，没有共通性和可比性。

解小哥的言行举止，全身上下都透着一股“别人家孩子”的典范气息。他的身体里像是有个精确的闹钟和日程表，让他清楚地知道自己应该在什么时候做什么事，父母的督促和自己的执行力让他十几年如一日地按照目标和计划前进。

他那样的人，跟我这种典型活在当下且看心情做事的人，简直是两个极端，一直以来我都觉得，像他那样的人，根本不会和我有什么交集的。然而万万没想到，学霸和学渣的我们，竟然就这样和谐相处了下来，并且，还逐渐有了相互渗透的势头。

有时摆摊间隙，我们会相互聊起还没上大学的自己。一直生活在尊师重道的教育大省里的小哥说起他的从前，果然如我想象中的一样，除了课本就是黄冈模拟题，无趣乏味静如死水。当一直念全市倒数学校的我绘声绘色地给他说起自己曾经跟老师斗智斗勇的往事时，他震惊了。

我猜解小哥根本没有体会过迟到早退的刺激，更别说尝试过把黑板擦放在教室门上，等最讨厌的老师进来后，砸他一脸粉笔灰的酸爽。读书这么多年，他可能都没有讨厌过任何一位老师。

看我说得唾沫横飞，他脸上的笑意慢慢替换了原先的震惊。那笑容，怎么说呢，带着些许遗憾，些许羡慕，仿佛他那十多年只知道背书做题的岁月里，错过了多少年少青春的美好回忆一般。那时我就在想，或许，他的心里其实没有看起来那样，那么想成为一个好学生。

小哥偶尔会问我毕业后有什么打算。说实话，我这人一向走哪儿算哪儿，哪里会像他一样事事都有计划？我以为小哥这种每一步都有家人帮他精确计划好的人，应该是无法理解我这样散漫人生的。没想到，他在跟我相处的过程中，竟然慢慢开始“变异”。

有次下午摆完摊赶车回学校，晚上有个专业课，车子迟迟不来，附近也没有出租车，我担心时间观念极强从来不迟到早退的解老板会让饥肠辘辘的我背着篓子跑回学校，没想到他看看手表又看看捂着肚子的我，叹了口气：“算了，找个地方先吃饭吧。”

我以为自己听错了，赶紧问他：“你不回去上课了？”

他拿着我的篓子走在前面：“课的内容我昨晚已经看过了，一会儿吃饭的时候可以给你讲讲。”

我下巴差点儿掉下来，学霸同学，你这是在跟学渣一起翘课吗？

看他一脸平静地吃饭，我竟然开始为好学生不去上课而着急，急忙吃完碗里的饭，跟他说：“要不然我们现在打车回去吧，还来得及。”

解小哥摇摇头，慢吞吞地问我：“还要不要再加个甜品，这个提拉米苏看着不错。”

what?

我认识的那位从来不翘课的优秀学生解小哥呢，你看见了吗？

回来的路上，我问他：“解老板，你家人知道你在勤工俭学吗？”

他一脸淡定，反问我：“牛同学，那你父母知道你勤工俭学吗？”

我哈哈一笑，摆摆手：“这种小事，还用告诉他们？”

他点点头：“我也是这么觉得的。”

那个听父母话的乖宝宝呢？你们看到了吗？

第三章

是骡子是马，先溜溜再说

解小哥经常在女生宿舍楼下等我，偶尔给我打水送饭，上课总坐我旁边，我只当我们是纯洁的革命友谊，丝毫不敢有非分之想，皆因小道消息传说，班花跟他表白被拒，并且还跟人说他有女朋友了。

一晃到了大二下学期。

解小哥忍无可忍，问我到底知不知道他叫什么名字，我说知道啊，然后就在纸上写了一遍。解小哥一看怒了：“三个字你能写错俩，你心里到底有我没我？”

我说你是我老板给我发工资呢，我心里能没你吗？

他叹了口气，从口袋掏出一张存折递给我：“这是咱俩一起练摊赚来的钱，以后你拿着吧。”

我接过来翻了翻：“哎哟，不少啊，不过你给我干吗？”

“你是我女朋友，不给你给谁？”

“什么？等等，谁是你女朋友？”

“你啊。”

“从什么时候开始的？”

“第一次在女生宿舍楼下等你的时候。”

“这事我怎么不知道？”

“你不愿意？”

我脸都快笑烂了：“愿意愿意愿意，不过……”

“什么？”他挑眉问。

我迟疑地说了一个地球人都疑惑的问题：“你怎么会喜欢我？”

他认真想了一会儿：“善良，有自己的想法，不按常理出牌。”

“就这些？难道不是因为我的美貌和身材吗？”

他上下打量我一眼，认真回答：“不是。”

我乐观豁达的心态又一次发挥了作用，让我懒得跟这种耿直boy计较这些无关紧要的细节，直奔主题最重要：“还有最后一个问题。”

他又挑眉看我。

“那个……能不能把存折的密码也告诉我一下？”

正式成了解小哥的女朋友后，我才惊讶地知道他是山东人，小哥更惊讶："跟我在一起这么久，你竟然不知道我哪里人？看来这事我得再考虑考虑，母傻傻一窝，我不能祸害自己的后代啊。"

宿舍里的人看我竟然真的拿下了解小哥这朵高岭之花，一个个捶胸顿足、懊恼不已地大喊："好白菜都让猪拱了！"

我给我妈打电话，告诉她我找了个男朋友。

我妈很是意外，不太相信番薯忽然就畅销了，半信半疑地问道："他人怎么样？"

我很客观地汇报："很高，有一米八几，很帅，跟韩剧里的长腿欧巴一样，学习很不错，是我们届专业最好的学生，没有之一。"

听了我的描述，老妈更不信了："这样的人，能看得上你？"

虽然对于解小哥的审美我也很疑惑，但听亲妈这么说我就很不爽，我虽然是矮了点、胖了点、样子大众了点，但除此之外，也没有什么大缺点嘛，再说了，哪有长他人志气灭自己威风的，是亲妈吗？

我妈语重心长地顿了顿："我只是实事求是而已，对了，他是哪里人？"

"山东。"

我妈犹豫了："这么远啊？"

“远吗？现在交通这么发达，几个小时就到了。”其实我压根儿对距离没有概念，张嘴就来。

“叫什么名？”

“解小哥。”

“他年纪很小？”

“跟我同岁。”

“那还小哥？明明就是大哥嘛！”

“妈，你是猴子派来说段子的吧？同不同意，给句痛快话吧。”

我妈没再说什么，心想既然是我喜欢的，那就先谈着呗，如果现在强拆，万一以后我嫁不出去埋怨她咋办。再说了，现在才大二，以后的事情谁知道呢，是骡子是马，先溜溜再说呗。

第四章

舌尖到心尖的距离

1

我们舍长姓侯，外号猴儿，却是以一张大方脸和相扑一样力拔千斤的体型气势力压群雄，当选了舍长。

男神成了我的解小哥，宿舍里的胖子们都燃了，猴舍长激动地拉着我的手：“我就知道能吃胖的人运气都不会太差，为了庆祝这个有前途的体型，今晚集体开吃！”

看我们放着嗨歌，左手炸鸡右手可乐，常年啃着萝卜和青菜的女神宿舍哀号一片：“胖子让我们感受到这世上满满的伤害！”

我们住的宿舍不收电费，但白天都定点停电，每天总要折腾个两三回，晚上十一点准时拉闸。只要是有电的时候，宿舍基本没人出去，全都穿着裤衩背心窝在宿舍里上网。

我住的宿舍楼和小哥的宿舍楼中间隔了个大食堂，除了上课和摆摊，我俩平时都窝在各自的宿舍里，一到饭点他的头像就亮了，刚开始是：忙吗？饿了没？吃饭去吧？一段时间后就成了：吃饭去吧？到最后精简为：饭！

小哥的速度快，发出这“饭”字令牌后，就立马关机出了门。我性子慢，等磨磨蹭蹭地穿上外出觅食的行头，下了楼，解小哥已经在下面站了快半个小时。

如此几次后，小哥也看出其中门道了，一开始是准时到，总要等上半小时。胆子稍微大点儿后，来之前先打会儿游戏，看看时间差不多再奔过来，还是要再等十来分钟。最后胆肥了，打了游戏再把裤头、袜子都统统洗了一遍再慢悠悠走过来，刚到楼下站定，我就下来了，分秒不差。

我俩在食堂吃完饭，趁着还有电，又各自回了宿舍。

一段时间后，宿舍里其他的胖子们纳闷儿了：“你确定你和男神真的在谈恋爱而不是搭伙吃饭？”

为了证明我们是如假包换的恋爱关系，我让小哥约我下馆子。

这是我俩确定关系后第一次郑重其事地下馆子，宿舍里的胖子们都七嘴八舌围了过来。舍长以过来人的架势给我传授经验：“看男友是不是真的重视你，就看他第一次请你吃饭时点了多少个菜，数量够了还要看质量，菜越多越贵，越能体现你在对方心里的重量。”

大家纷纷点头，无不赞同舍长满满的生活经验。

我满脸崇拜地问道：“舍长，请问你第一次约会时，吃了多少道菜？”

舍长嘿嘿一笑：“一道也没吃，那是家包子店，我俩吃了整整三十个。”

三十个啊，不是真爱谁能吃得下？

方脸肥臀的猴舍长满脸娇羞，在众人的起哄下开始讲述她那段神奇的爱情故事。

那时舍长迷上了一个叫冒险岛的在线游戏，游戏里她叫西瓜太妹，有个叫西瓜太郎的玩家就自来熟地跑来跟她并肩作战，两人在战火中建立了深厚的革命友情。直到有一天，太郎跟太妹说：“新年新气象，在这万象更新的好时候，咱俩好了吧。”

从此以后，每天早上从来不洗脸的猴舍长，每次打游戏视频之前，必先洗脸刷牙涂抹一番，捯饬好了再把摄像头调到四十五度最佳视角，这才跟游戏里的太郎开始边约会边打怪，两人在打怪升级中感情越发深厚，最后，猴舍长宣布，她要在十一长假坐火车去另一个省，看她那位小她一岁、小我们一届的男友西瓜太郎。

2

不知其他舍友听到这里怎么想，反正我是惊呆了。

人心隔肚皮，天天见面的人都不一定知道对方的心思，何况是一个刚认识不到两个月，连真人都没见过的虚拟网游里的男朋友？猴舍长这种对陌生人的无比信任，让我震惊。

舍长满心欢喜地订了车票匆匆而去，一周之后，她满面春风地回来了，从此宣告两人的恋情从网络走到现实，成了一对正儿八经的异地恋人。

舍长说，她就是那次去看太郎时，太郎带她去吃的包子，在太郎咽下第三十个豆包后，她才当即决定跟他在一起了。

舍长的经历让我跃跃欲试，为表示对第一次约会的重视，我套上了“所有家当”：头上是粘了彩色鸟羽毛的蓝色塑料发箍，耳朵坠着仿象牙的黄色笔筒型耳环，脖子上挂了同系列的项链两串，两只手腕上各戴一串十二生肖的粉晶，最后再套上我那件颜色艳丽、花里胡哨的大毛衣，抹上一把胭脂水粉，往镜子前一站：嘿！好一个金玉满堂！

一路咣里咣当奔下楼，难得提前站在宿舍楼下等小哥，自从伙计变成老板娘，我简直翻身农奴把歌唱，再没有了提前到楼下候着老板的跟班样儿。

正站在路边等着，两个满脸痘痘的男生从我旁边路过，其中一位一脸激动：“快看，有人在玩COSPLAY。”

另一个看了半天：“演的哪位？”

“估计是非洲食人族酋长。”

我斜眼瞪他俩，丫的竟然更开心了：“快看快看，动了动了，酋长眼睛动了！”

两人嘻嘻哈哈一溜烟不见了，小哥从远处一路小跑过来，看我如此“隆重”的穿戴，瞧了半天，愣是没敢走上前来。

我朝他奔过去：“小哥小哥，我今天漂不漂亮？”

小哥刚要说话，就被自己的口水呛到，咳嗽半天，抬起泪水朦胧的双眼：“漂……亮！”

我心里那个美啊，高高兴兴地挽着他的胳膊走在路上，心想只要小哥觉得好，别人的想法算个屁啊。

我按捺兴奋故作含蓄地问他：“今天，咱上哪儿eat？”

“南门美食一条街。”

学校南门附近有一溜大排档似的小苍蝇馆，因为米饭免费，每到月底或手头紧的时候，男生宿舍里经常集体出来吃饭，一人拿一块钱，点两个最便宜的菜，然后“裤衩裤衩”地干掉店里所有的米饭。

这条街上，每月总有一两个餐馆因为总也吃不饱的学生而关门大吉，老的倒下新的又来，每一个哭泣的老板后面，都有一群蝗虫似的学生。

上面说的是男生和男生出来吃饭的情景，男生和女生出来，当然不能如此直白，该装还得装，不然打一辈子光棍也活该。

3

进门前，解小哥犹豫了一阵，忽然一把拉过我，认真地交代：“一会儿进去，我们就点一个菜。”

“什么？”我一惊，转身看看这家店的招牌，这明明不是包子铺啊。

小哥怕我不信，又补充道：“我们就点一个：青椒炒鱼。”

我一听心就凉了半截，说句实话，小气是我最讨厌最看不起的特征，不分男女，没有之一。小哥高大的形象瞬间矮了一大半，我是个急脾气，不过三秒钟的时间，就已经脑补了十几种番薯甩男神的各种场景和戏码，小哥还一脸茫然地等着我点头答应，却不知我内心已经翻江倒海、波涛汹涌。

我没了吃饭的心情，想学白富美扭头就走，可惜饭店门口的镜面玻璃不让我如愿，看着镜子里自己那个矮胖番薯的身影，我叹了口气，决定再给小哥和自己一个机会。

我旁敲侧击地提点他说："一个菜不够吧？你看我体型就不像是只吃一个菜的人啊。"

小哥坚持道："没事，这家菜量大，够吃。"

我深吸一口气，坚持说："那咱再点个蔬菜。"

我把条件降下来，咬牙心想只要他同意了，吃完这顿饭，我们还是好CP，大不了以后慢慢改造，如果他执意只点一个菜，那吃完这一顿，我俩就一拍两散。因为我坚信，一开始就让你不舒服的人，以后会让你越来越不舒服，长痛不如短痛，在还不太痛的时候分手，才是最好的止痛。

小哥完全不知我的内心戏，更没发觉这已经是我善心发作给他的最后一次机会，他非但没有好好把握，还疑惑地看我一眼，说："你不是不吃蔬菜的吗？"

男人，你已经成功地激起了我的怒气！我火大地跟他说："我今天想吃，很想吃，非常想吃，我就想吃青菜！"

小哥先是愣了一下，脸上有些发窘，随后支支吾吾地说出实情："我身上只有二十块。"

原来是这么回事，我的脾气来得快去得也快，只要不是生性小气，客观原因造成的都可以原谅，我豪气地掏出钱包："没事，我带钱了，咱今天点它个十个八个的都没问题。"

小哥一听这话，脸上难看起来："不行！说好了今天我请客，我们就点一个菜。"

一计不成我又生二计，我又问：“青椒炒鱼多少钱一份？”

“二十。”

“……”沉默半秒，我灵机一动，“那要不咱换别的菜？两盘十块的西红柿炒鸡蛋或是四盘五块的酸辣土豆丝也行。”

“不行，就青椒炒鱼。”

“……”

讲真，我对这顿饭已经失望了。

我俩坐进去时，整个店里就我们一桌客人。

老板拿来菜单，解小哥把手一挥：“不用看了，就一个青椒炒鱼。”

老板屁颠屁颠地出去了，我对小哥有些恼火，光喝水不理他。喝了快半个小时，这鱼还没上来，我忍不住了：“老板，就一个菜，怎么还这么久？”

在后厨洗菜的小妹抬起头：“老板去买鱼了，青椒炒鱼是店里最贵的菜，平时没人点，都是现点现去买的鱼。”

什么？最贵的菜？二十块？

4

我脑袋发蒙，一直掉在那句“最贵的菜”里无法自拔。

店里陆续来人了，新顾客都已经吃完了，我们的青椒炒鱼才端上来。一上来就霸气地占了半张桌子。

好大一盆！

小哥得意地看我一眼："我说得没错吧？我们一宿舍才吃这么一盆。"

我被这分量霸道的青椒炒鱼震住了，价位贵，分量重，此刻我已经毫不怀疑小哥对我的心意，心里庆幸还好刚才沉住气没扭头就走。却见小哥把鱼肉挑进自己碗里，然后又心细地把盆里的青椒全挑出来放进我碗里，热情地招呼道："你不是说想吃蔬菜吗？来，多吃点。"

我看看他碗里堆满金黄的鱼块，又看看自己碗里全是青黄不接的辣椒，泪都要下来了。一咬牙，没办法了，自己放出来的话，流着泪也要吃完！

看我一脸痛苦地嚼着辣椒，小哥忍住笑，把挑出刺的鱼肉放进我碗里："吃鱼吧，青椒给我。"

味道的确不错，等我俩把那一大盆鱼给消灭干净后，只能扶着墙出来。吃得太撑，我们就顺着学校墙根儿压马路，以便消食。

我和小哥的身高决定了我俩说话时，他得低头我得仰头，如果他一直说我就得一直仰。

我俩话赶话就说到了吃饭前，小哥问我："刚才吃饭前你为什么坚持要点几个菜？”

我打了个饱嗝，有点儿心虚：“饿的。”

小哥一脸恍然大悟，顺势抬手摸了摸自己的后脑勺，仰着头的我顿时只觉眼前一黑，鼻子头一股酸胀疼麻喷涌而来，有那么两三秒的时间，我根本就感觉不到自己的鼻尖。我吸着冷气捂着鼻子，肿胀的痛感立马把泪给催了下来，鼻腔里全是腥甜鱼肉跟血混合在一起的味道。

摸完头的小哥再转过脸来看我时，我已是眼泪鼻血齐下，他吓得话都说不溜了：“你……你怎么了？”

他连忙弯腰给我查看伤情，我仰着脸一只手捏住鼻子止血，另一只手气得胡乱挥手拍掉他伸过来的手：“你打的你还好意思问！”

小哥吓一跳：“我……我打的？我怎么可能打你呢？”

“你刚才抬手摸头，手臂碰到我鼻子了！”

小哥一脸蒙：“我……我真没感觉到啊。”

“等你有感觉我鼻子都没了！”

小哥觉得冤得慌，但铁证如山，他只能赶紧拿出纸擦干净我鼻子上的血，低头认错：“我真不是故意的，误伤，绝对是误伤，谁想到咱俩这身高差还能造成这么大的危险。”

我眼泪一直往下掉，不理他。

小哥急得团团转：“那干脆这样吧，为了防止再出现类似的情况，以后只要你站我旁边，我都腾出一只手搂着你！”

这话顿时让我消气了。

从那以后很多人问他：“为什么每次见你们都是拉着手？”

小哥都会一脸淡定地跟人说：“为了安全。”

虽然第一次下馆子一波三折还有血有泪，但最终的结局还是让我满意的。至此，我和小哥在别人眼中，才算是真正进入了情侣时代。

第五章

只给你买鞋

1

没和小哥谈恋爱之前，我只是个胖子，和小哥谈恋爱后，我成了黑胖子。

学校宿舍每天中午十二点到下午三点断电，西北的三伏天，宿舍楼道里全是西瓜皮和一堆光着屁股冲凉水的少女。

我提着没有食欲的饭菜，跟电话那头的小哥抱怨：“这日子没法过了！”

小哥在那头沉默了一会儿，说：“你现在下来，我带你去个凉快的好地方。”

外面阳光刺眼，小哥拉着我的手，快速地走在可以摊鸡蛋的马路上，路两边连片遮阳的树荫都没有。

暴晒了十来分钟，我忍不住了："你说的好地方在哪里？"

解小哥擦了把汗，问我："你现在还热吗？"

"热。"

"那就再走快点儿，把风带起来就凉快了。"

我惊呆了："你说的好地方就是在烈日下狂奔？"

他认真地看着我："按现在的温度，在室外的确是要比室内凉快，外面的光线虽然强烈，但能快速把你的汗给蒸发掉，水分带走你体表的热量，你自然就感觉到凉快。再加上我们快速行走，四周空气流动加快形成人造风，也能给你带来犹如电风扇般的凉快感，你之所以还觉得热，是因为走得不够快，你看人家电风扇转得多快？"

我看他说得头头是道，好像还蛮有科学道理的样子，竟然就信了，盯着他说："我读书少，你不要骗我啊。"

小哥抖了抖他那件已经湿透的短袖："我怎么能骗你呢？这样，咱俩跑起来，我保证一会儿准让你冻得打喷嚏，透心凉。"

我已经热得脑子不转了，跟在解小哥后面，两个人像神经病一样在四十度的高温下狂奔。还别说，这跑起来后，的确凉快不少，就是不能停，一停就烧着了。

小哥腿长，一步顶我三步，看我跑得吃力，他只能跑跑停停地等我，我飞速挥动小短腿，想跟他并驾齐驱，可再怎么使劲儿也总是差了好几步的距离。

我俩一前一后地蹦跶，小哥在前面跑，我在后面追，路过等红灯的车子，有人探出头来感叹："真是世风日下啊，现在的女孩竟然满大街地追着男孩跑……"

跑了一会儿，刚到闹市区，我实在是坚持不住了，刚要停下来，解小哥用力地拉起我的手："再坚持一分钟就到了。"

"到哪里？"

话还没问完，小哥就把我拖进了当时离我们学校最近的一家耐克专营店。

刚进门，呵！冰火两重天！

我和小哥站在门口的空调出风口处，打了两个喷嚏，顿时就透心凉了。

我舒服得一屁股坐在换鞋凳上，导购小姐适时地端来两杯水，我一饮而下，通体舒畅。小哥看着我笑："怎么样？这里算不算个好地方？"

小哥是Sneakers，就是俗称的运动鞋狂热爱好者，只要运动鞋公司一出个什么新鲜玩意，他保准会兴奋地研究半天，分析它们的科技含量，评价它们的外观造型，然后再亲自到店试穿，一步也不马虎，十足的脑残粉。

2

我现在算是明白小哥带我狂奔的用意了，我蹭空调他看鞋，大家好才是真的好。

对着满屋子的鞋子，解小哥满场飞，让我试了这双又试那双，把他认为不错的鞋子都一一让我穿了一遍，边试边给我讲解什么是内置蜂窝气垫，什么是外底内底，什么样的皮子缝什么样的线才不容易开裂……大中午的，又跑了这么久，空调房里我哈欠连连，对小哥的传道授业左耳进右耳出，倒是一旁的导购听得一愣一愣的，跟着免费蹭了一堂知识讲座。

从那天开始，我为了空调他为了看鞋，我俩每天中午都像夸父追日般在太阳下狂奔，一个月下来收获颇丰，比如我越来越黑的皮肤，比如导购员越来越白的白眼。

我对鞋子要求简单，只要款式好看、不硌脚就行。跟解小哥在一起后，他开始对我的鞋严格把关，从材质到穿着舒适度都很有讲究。有时不免碰到款式和舒适二选一，我这样的外貌协会就会被小哥教育："脚上穴位多，要穿舒适鞋，人老先老脚，一定穿好鞋，千里之行始于足下……"

刚开始我还能虚心听取他的意见，违背心意地买了一两双他极力推荐的运动鞋，舒服是舒服，但女孩子嘛，要搭配衣服，哪能老穿运动鞋？再说了，我和解小哥充分体现了南北两地的体型特点，加上我又有些虚胖，站在高瘦的解小哥旁边，更像一只矮番薯。为了摆脱这种对比鲜明的形象，我趁着跟猴舍长出去逛街时，偷偷买下了一双十厘米的裸色高跟凉鞋。

我蹬着新高跟鞋往镜子前一站，感觉光线更亮了，空气更好了，脚跟被垫起来，整个人显得前凸后翘，昂首挺胸，身形被拉长，气质也上来了。

我心花怒放，这才是我梦寐以求的高度嘛，我穿着鞋子半天不挪步，照了半天镜子，才从鞋子上下来，抱着它叹了口气：“哪儿都挺好，可惜就是走不了路啊。”

我压根儿就不会穿高跟鞋走路。

为了让自己跟小哥看起来更配，我一回到宿舍就咬牙把脚放进高跟鞋里练习走路，两天下来，路没走稳，脚上却收获了一圈水泡。

上课时小哥看我走路一瘸一拐，问我怎么了，我支支吾吾，最终还是没把高跟鞋的事说出来。

好不容易练了一周，总算可以颤颤巍巍地穿着恨天高，慢腾腾地走个十来分钟了。见小哥之前我特意打扮了一番，蹬着大高跟儿从宿舍里走下来，站得高看得远一点儿都没错，平白增高了十厘米的我，大老远就朝小哥招手，小哥以为我站在台阶上，一路小跑，近了才看到我脚底的恨天高，顿时脸就黑了。

我沉浸在长高的喜悦中，迫不及待地拉着他问：“好看吗？好看吗？”

“不好看。”

平白被泼了冷水，我有些恼火：“我觉得好看！”

他少有的沉下脸：“你赶紧上去换双鞋子。”

“为什么？我好不容易才穿习惯了。”我开始不爽。

“你穿这个走不了路。”他看着我下结论。

“谁说的？我走给你看。”我呕了口气，不管不顾地忍着新鞋摩擦水泡的刺痛，往前大步走去。

小哥没办法，只能一路跟在后面。

还没走出一千米，我就龇牙咧嘴地一屁股坐在路边的石阶上，顾不上形象，把鞋一脱，里面的脚顿时解放了。

小哥也往旁边一坐，说：“你看，我说什么来着，不舒服了吧。”

我嘴硬：“舒服，我脱下是因为热！”

小哥表示不信，跟我说：“以后别再穿了。”

我坚决地摇头：“不行，这鞋能让我变高有自信，矮子的悲哀，你不懂。”

“你变高变自信的样子就是坐着路边做抠脚女汉？”他说完就开始笑。

我气得白他一眼，心想老娘忍着脚疼穿高跟鞋还不是为了跟你看起来更相配。你打击我还笑话我，简直太可恶了。我越想越咽不下这口气，今天的约会糟糕透了，本来要跟小哥出去吃饭的，现在我饭也不吃了，丢下小哥，自己一瘸一拐地回了宿舍。

3

我坐在床上，把鞋泄愤似的扔在地上又心疼地捡回来，把它默默地放在床底下，我是个嘴硬的咬牙分子，明知道小哥说得没错，却不肯轻易屈服。

我跟自己说，只要小哥主动道歉，我就听他的，以后再也不穿高跟鞋，但一直等到快熄灯，他的道歉电话也没来。

熄灯的前一秒，宿舍里的舍友约会回来，顺道往我床上丢了个东西，说是小哥给我的。我还没来得及看清是什么东西，电闸就被拉断了，我借着手机微弱的屏幕灯光，看小瓶上的字：跌打止痛喷雾。

心里的气，一下子就消了。

等我脚上的水泡都好了，小哥立马拉着我直奔耐克店，给我拿了一双可以顶我半个月伙食费的运动休闲鞋。

“这鞋舒服又百搭，就要这双吧。”他笑眯眯地跟我说。

我才不信运动鞋能百搭到哪里去，说：“你给你自己买吧，我不要。”

小哥说：“我的鞋多，从现在开始，我只给你一个人买鞋。”

“你鞋哪里多了？我来来回回就看你穿了两三双，且都穿了好几年了。”

“这就充分证明我选的鞋子舒适耐穿啊，听话，就要我给你选的那双。”

我拎着小哥选的那双没有女人味的运动鞋不情不愿地抱怨：“你干吗非要给我买鞋？”

“有成就感啊。”

我以为他会说你是我女朋友，给女朋友买东西有成就感之类的话。没想到他说：“你脚小，经常可以碰到断码鞋，那些好鞋的常规码都非常抢手，价格贵还买不到，好在你的脚又小又瘦，跟鸡爪似的，每次给你买鞋都能轻松淘到断码打折的好鞋，我真的太有成就感了！”

我当时就想拍他，看我生气不理他，小哥还冤得慌：“我想买这样的都买不到，你还不高兴？”

“谁让你说我的脚像鸡爪！”

“鸡爪不好吗？好吃！”

“……”

小哥蹲下来给坐在凳子上的我试鞋系鞋带，店里的客户和店员都在看着，我有些不好意思，他却泰然自若地告诉我："以后不准你穿那些乱七八糟伤脚的鞋，只能穿我给你选的鞋。"

我压低声音："不是说送鞋给女朋友，女朋友会跑吗？"

小哥满意地看着我脚上舒适的新鞋，一脸自信："就你那小短腿，能跑哪儿去？再说了，跑也没用啊，你这样的番薯，也得有人要啊。"

我不服："我既然这么差，你干吗跟我在一起？"

解小哥叹了口气："没办法，我是来为民除害的。"

我："……"

我穿着新的运动鞋站在小哥身边，立马又出现了最萌身高差。回来的路上我问他："你为什么不选苗条漂亮的淑女班花，偏要跟我这个矮胖子在一起？"

小哥想了想，说："我不喜欢淑女风。"

"那你喜欢什么风？"

"运动风。"

我莫名窃喜，傻乐了一阵才发现不对，我好像也不是运动风啊，我要是运动风我还能是胖子吗？我顶多也就是吃货风。

我拉着小哥不依不饶："老实交代，运动风到底怎么回事？"

小哥摸了摸我的脑袋："你长得这么圆，还不够运动吗？"

"这是在说我像球吗？"

小哥忍着笑说：“好了，只要身体健康不抽风，什么风都没问题。”

“老实说，你到底喜欢什么风！”

“你这种款式的运动风。”

“我什么款的？”

“穿着运动服又从来不运动的高仿运动款。”

我摸了摸身上只有宽松运动服才能盖住的小肚腩，心里美滋滋地想：哎哟，你还挺有眼光的嘛。

第六章

我们终于般配了

1

刚跟我谈恋爱的时候，解小哥一米八三，一百四十五斤，大老远一瞧，嗬，这小伙高高瘦瘦，板板正正，T恤短裤加球鞋，要多青春有多青春，要多阳光有多阳光，再仔细一看，这小伙怎么走到哪儿都带着个球啊？

那个球就是我。

刚跟小哥谈恋爱的时候，我一米五八，一百二十斤，活脱脱的立方体。

看多了别人惋惜小哥的眼神，我很生气，我也是有尊严的好吗？人要脸树要皮，老是这么被人指指点点，谁受得了？增高是不用想了，老娘要减肥！

我志在必行，跟解小哥说今天你别来找我了，我要禁食减肥！

小哥很惊讶："都胖这么久了，怎么忽然想起这茬儿了？"

"我想穿裙子。"

"新买的裤子又提不上了？"

"去你的，一个星期后，我要把这些裤子都换了！"

他双手一摊，一脸坦诚地告诉我："没有更大的码数给你换了。"

"谁要更大码的？我要全换成小一码！"

心里憋着一股劲儿，挂上电话，我掐着小肚腩就开始琢磨着要怎么甩掉它。运动？没那毅力，不行！吃药？一停药就反弹，不行！绝食？那不死了吗？不行！节食，循序渐进，这才靠谱。

但话又说回来，这节食要节到什么时候才能出个效果？我可是跟解小哥夸下海口了，一周之后出效果，与其天天节食受折磨，不如来个狠的立竿见影，我底子厚，绝食几天应该还死不了。

说做就做，当天的午饭就省了，我让小哥自己去吃，自己下定决心滴水不沾，宿舍里都是胖子，为了不让她们吃东西的吧唧声吞掉我减肥的意志和决心，我决定自己出去溜达。

漫无目的地走在校园里，习惯了每次出来都被小哥拉着，现在两手空空，还真有些不习惯。不过没关系，一想到一周后就能身轻如燕地站在小哥身边，我就对一周后的自己充满了期待。

晃晃悠悠路过理发店，我心中一动，减肥首要剪短发。便兴冲冲地跑进去减了个短发，回来一称，哈哈，果然少了一两。我很高兴，又机智地把长衣长裤换成了短袖短裤，哈哈，又少了一两。形势一片大好，我乘胜追击又上了趟厕所，这下竟然掉了三两。我又惊又喜，毫不费力就把半斤肉给减掉了，照这个速度下去，什么水蛇腰小电臀，都是毛毛雨啦。

轻轻松松开了个好头，我很兴奋，马上开机上网，打算买件N年没穿过的紧身衣。网页还没打开，我就口渴了，我跟自己说，不行不行，千万忍住，我这喝凉水长肉的体质，一口下去半斤就回来了。

为了缓解口渴，我拿着牙刷去把牙刷了一遍，刚把喝水的念头压下去，宿舍里的俩胖子一人拿着可乐一人捧着奶茶过来，极没人性地问我要不要喝，我心里那个恨啊，这俩抠子偏挑我减肥时请客，成心的！

我咽着口水很有骨气地拒绝了，这俩人竟然在我面前一口气喝了下去，末了还满意地打了个饱嗝。简直不能忍了，两恶相权取其轻，我冲到水壶边，如牛饮水一般咕嘟咕嘟喝了一壶，这才解了渴，忐忑不安地上去一称，长了两斤！

我两眼一黑，差点儿没晕过去。

2

下午小哥打来电话："吃饭去吧？"

倒长了两斤肉的我很生气："不吃！"

怕自己意志不坚定被小哥说服，我抢先把电话挂了。

晚饭没吃的我，听着肚子的咕咕声，脑中全是各种吃的。为防止报复性的暴饮暴食，我早早地脱好衣服躺到了床上，想用睡觉来催眠五脏庙。

可惜睡觉不是我想睡，想睡就能睡。乱叫的肚子和宿舍里胖子们轮番"咔嚓咔嚓"吃薯片的声音，就连那恼人的电话铃声，全都在不停地刺激着我脆弱的神经。

舍长接了电话，屁颠屁颠地走了。宿舍里的声音也小了下来，估计是薯片吃完了。唯一坚持不懈叫唤的，就是我的肚子。我掐着它教育它："你还有脸叫？你看看你都胖得跟猪肚一样了！"

猪肚……提到这词的时候，我的口水就下来了，白灼猪肚，麻辣肚丝，猪肚煲鸡，猪肚炒兰花……

我躺在床上哼哼唧唧，就闻到床边飘来一阵肉香，我一个打挺爬起来，舍长提了一份排骨米线放在离我最近的桌子上。

我哀号一声："舍长啊舍长，你这是要逼良为娼啊！"

"你家男神笑贫不笑娼，让你好好吃饭。"

我一愣："这是小哥给我买的？"

舍长还没回答，小哥的电话就到了："多给你加了份肉排，没放葱花和香菜，赶紧好好吃饭。"

"我不吃！"我瞧了瞧碗里香喷喷的食物，严词拒绝。做人是要有原则的，否则跟咸鱼有什么区别？

"为什么不吃？"

我瞥了一眼热气腾腾的米线："你没放辣子！"

吃米线放辣椒是我坚定不移的原则。

"你两顿没正经吃饭，不能吃太刺激的。"

我垂死挣扎："不……吃。"

小哥叹了口气："辣椒放在两个包装袋中间，少放点。"

辣椒就是压垮骆驼的最后一根稻草，放下电话，一天没吃饭的我，在临睡前加肉加量，把一大盆米线倒进胃里，然后心满意足睡了个饱觉。

第二天起床一穿裤子，竟然扣不上了！

我打电话痛诉解小哥："都是你，才过了一天，我又要换裤子了！"

解小哥在那头安慰我说："裤子穿不上，就穿裙子吧。"

减肥失败，解小哥依旧拖着圆球似的我在校园里溜达，看着别人越加惋惜小哥的眼神，我又怒了，看不起谁啊，虽然我减肥不行，但长胖是我的强项啊，总有一天，我会跟小哥看起来无比般配。

都说机会都是留给有准备的人。

小哥早上经常不吃早餐，我就特地在口袋里装些酸橘子、山楂片什么的，瞅准机会就塞给他："快快，充充饥。"

小哥看看这又小又酸的青橘很是怀疑："吃这能充饥吗？"

"苍蝇也是肉啊。"

小哥很喜欢吃橘子，皮薄多汁的小青橘三两下就下肚了，不一会儿就饿得前胸贴后背。好不容易等到中午吃饭，饿得头昏眼花的小哥百米冲刺到食堂，可怜的样子让食堂打菜的大妈都心疼了，手一抖又多给了他一勺，小哥用迅雷不及掩耳之势把饭菜倒进嘴里，稍微不留神，连我那份也少了一半。

3

晚饭就更容易了，我拿着饭卡使劲作："小哥，我想吃这个，小哥，那个也不错，小哥，我还想喝点儿汤，小哥，来块饭后甜点……"

解小哥愁了："这么多吃不完啊，要不咱一天尝一样？"

“你是不是嫌我胖？”

“没有啊？”

“那你是不是不爱我了？”

“我……”

“你就是嫌我胖，你不爱我了……”

小哥赶紧拿着饭卡刷刷刷：“好好好，吃吃吃。”

良好的家教让小哥有个好习惯，极少浪费食物，看着我每天使劲点吃不完的东西，他只能负责打扫战场。可怜的小哥每天都吃到嗓子眼儿了，我又邪恶地递来一碗紫菜汤：“来，把食物都顺一顺。”

两个星期后，小哥的饭量明显见长，我激动不已，仿佛看到了大球拉小球的和谐画面。

小哥生日，增肥的机会又来了。

我特意给他准备了一个惊喜：一个十寸蛋糕。小哥看着蛋糕又感动又为难，摸了摸刚吃饱饭的肚子，艰难地打了个饱嗝。

我给他递了把勺子：“这是我亲手给你做的，大是大了点，如果你吃不完就算了。”

小哥一脸悲切，咬着牙：“我尽力！”

小哥说话间，就干掉了一半，栗子奶油实在太腻，他又咕嘟咕嘟地喝下半瓶可乐，这下好了，肚子全是气泡和奶油，所有的空隙都填上了。剩下一半，他实在吃不下了，愁眉苦脸地看着我：“怎么办？浪费了。”

“浪费不了，你拿回宿舍给舍友分着吃呗。”

小哥捶胸顿足：“你怎么不早说？”

蛋糕的威力巨大，小哥连着两天都没了食欲，看啥都吃不下，这可把我急坏了，这好不容易长了点儿肉，饿掉了怎么办？我得想办法给他补补。

在学校里有个大我一届的神人老乡白师姐，因为学校总是定时拉电闸限制用电，勤奋好学的白师姐便在学校附近租了一处民宅来发奋看书。

我借了白师姐房子的厨房，亲自下厨给解小哥做了顿营养餐，本来想煮饭的，水放多了，算了，喝粥也一样。以我有限的厨技，菜就不用想了，就一锅熟吧，什么营养又好熟？鸡蛋啊！

我往粥锅里磕了七八个鸡蛋，一阵煳味儿蹿上来，我赶紧拿起铲子一阵搅和，把鸡蛋和粥彻底和成了一锅鸡蛋粥，各种油盐都加了一遍后，屋里弥漫着一股腥浓的鸡蛋黄味儿，看着满满一锅的黄点、白点和黑点，我满意地咂咂嘴：“大补啊！”

听说我亲自下厨，小哥本来还挺期待的，一看到实物脸色都变了：“有话好好说，千万别冲动。”

我把黏稠的粥倒进碗里，因为手举得太高，粥冲得太快，竟然溅到小哥脸上，小哥以被烫伤为由想抗拒喝粥，未遂。

从此以后，小哥心里烙下阴影，再也不把鸡蛋和粥混着吃。

功夫不负有心人。

两个月后，解小哥的八块腹肌变成了四块，半年后成了两块，等到放假时，彻底成了一整块。

解小哥摸了摸自己的下巴和肚腩说："没想到我也有要减肥的一天啊。"

小哥多了二十斤肉，整个人看起来壮实魁梧了许多，肥肉真是个无坚不摧的利器，任他个子再高也架不住肥肉的堆砌。小哥昔日的好身材消失在糖衣饭弹里，吃胖的小哥拉着我在校园转，远远看去就是数学公式里的两圆相切，和谐极了。

第七章

最浪漫的事就是跟你比翼双肥

1

小哥登上回家的列车时，信誓旦旦地跟我说：“我一定会瘦着回来的！”

带着满满一身肉的小哥下了火车，看到自己的老爸老妈站在出站口朝里张望，这么长时间没见父母，解小哥很兴奋，背着行囊张开双臂跑上去抱住老爸。

解爸爸吓了一跳，赶紧推开眼前这位忽然扎进自己怀里的胖子：“大哥，您认错人了吧？”

解小哥抬起头哭笑不得：“我是你儿子啊！”

解爸和解妈愣了：如何证明我儿是我儿？

闹了这个笑话，解小哥一到家就立马把减肥提上了日程。

因为儿子的一身膘，解爸爸还降了辈分，这会儿说什么也要支持儿子减肥，解妈妈更不用说了，没有一点点防备，以前玉树临风、英俊潇洒的儿子忽然就成了双下巴大肚腩的小胖子，现在不减，更待何时？全家唯有解小哥的奶奶对他长胖这事欢天喜地：“你妈生你的时候，你爷爷就梦到了天蓬元帅下凡，福相，福相啊！”

解小哥得到家人的支持，拟好了一系列摧残自己身心的减肥方案，准备用男人的毅力来干掉身上的赘肉，然而，事情的走向却是这样的。

小哥虽然成了胖子，但毕竟是自己的亲儿子，解爸解妈盼星星盼月亮才等到儿子归来，怎能真舍得让小哥减肥？路上都说得好好的，一到饭桌上就改词了：“这个是你总念叨的，那个是你爱吃的，这个这个是我们特意给你留的，那个那个是你奶奶一定让你吃的……总之一句话：冰冻三尺非一日之寒，来家这十天半个月的也减不出成效，要减你就回学校再减吧。”

父母的话就是这么儿戏。

解小哥心想，我都已经答应矮番薯要瘦着回去，如果做不到，那岂不是很没面子？不行，这肥还是得减！打定主意，小哥摸了摸吃得滚瓜溜圆的肚子，开始做俯卧撑，刚做了两个就撑不起来了，只能幽幽叹了口气：“今天第一天，就先俯卧吧，明天再撑。”

第二天，热情好客的小姑姑说什么也要请客吃饭，解小哥也想念小姑姑，许久未见，看着变了形的侄子，小姑姑边指着满桌的大鱼大肉边痛心疾首地嘱咐道："多吃点，明天开始减肥啊！"

第三天，同样热情好客的大姑姑也请吃饭，解小哥犹豫了，说好今天减肥的，去还是不去呢？大姑姑打来电话："羊排已经烤好了，什么时候到啊？"解小哥只能擦了擦口水跟自己说，两个都是姑姑，不能厚此薄彼，今天先吃，明天再减。

第四天，二姨妈听说解小哥放假了，说很久不见，一起吃个饭吧。解小哥为难了，照这样下去，这肥还能减吗？但二姨妈说桌子都定好了，定金不能退，没办法，去吧。

第五天，大姨妈打来电话："外甥啊，听你妈说你要减肥，大姨妈今天准备的全是纯天然低热量卡路里的食物，保证不耽误你减肥，你赶紧来吧。"

连续吃了五天的宴席，解小哥十分忐忑地往称上一站，吓得赶紧又吃了块巧克力压压惊，这才回家第五天就长了六斤！平均一天长一斤的速度，这是要面目全非啊。

不行不行，再这样下去，等再返校时，估计连矮番薯也不认识自己了。

痛定思痛，解小哥给自己立了军规，每天都要锻炼三小时，小姑姑为表支持，还特地给他办了张健身卡。看着宣传页教练们优美的肌肉线条，解小哥热血沸腾，晚上跟我在网上聊天时给我发了一张健美先生展示肌肉体型的图片，问我：“你觉得这体型怎么样？”

我看着图片里颜色如刚出炉的烤鸡一样的肌肉点点头：“挺好挺好。”

“我要是这样的体型，你觉得怎么样？”

我在脑中稍稍幻想了一下，答：“那不就是米其林轮胎的吉祥物吗？”

解小哥发来一个白眼，我赶紧改口说：“比喻，我就是比喻一下，别激动嘛，对了，你现在减了几斤？”

解小哥瞧了瞧自己粗壮的大腿卖关子：“现在不告诉你，等回了学校你就知道了。”

我心中忐忑：这小哥难不成真减下来了？

2

为了能瘦着回学校，解小哥的确出力了。在健身房里跟着教练做俯卧撑，一组四个要做十五组；徒手深蹲，一组五个要做十五组；仰卧举腿，一组四个要做十五组；再加平板支撑。第一天练下来，小哥的胳膊和腿都抬不起来了，一回家就倒床上，第二天全身肌肉酸痛，早上差点儿起不来。第三天开始，或许是身体适应了这个训练的强度，解小哥挥洒汗水，一身轻松，回到家虽然饥肠辘辘，但谨记教练的话：想要瘦，白水煮土豆！

一开始新鲜，一顿能吃三个，吃了几顿，嘴里一点儿味道都没有，为了能坚持吃下去，只能变着花样跟这小土豆过不去。土豆惊了，没想到自己竟然有这么多种死法：白水煮土豆丝，低盐土豆泥，大土豆炒小土豆…… 一连吃了一个周，实在吃不下去了，小哥跟教练说："我看到土豆就想吐。"

教练点点头："这就对了，不吐怎么瘦？"

每天高强度训练加上吐出来的土豆，小哥的体重果然"蹭蹭"往下掉，小哥的奶奶看不下去了，心疼孙子啊，小哥一出门健身她就抹眼睛："这天天干苦力吃土豆，待遇还不如我家以前的长工！"

小哥执意要减肥，奶奶没办法，只能天天在门口等着，小哥一健身回来，奶奶就赶紧捧着桃酥过去："看把孙子累的，赶紧吃块点心歇一歇。"

小哥也是有原则的人，他的原则是不爱吃的东西不吃，他不爱吃桃酥，每次都坚决拒绝了奶奶的好意，几次之后，奶奶把桃酥换成了巧克力，小哥点点头："嗯，这个可以有。"

小哥每次健完身回来，解妈就赶紧把饭菜端上桌。

"儿子啊，今天包了你最爱吃的荠菜猪肉馅的饺子，快尝尝吧。”

小哥咽了咽口水：“我不吃，减肥。”

解爸捣好蒜泥浇上陈醋，故意拿着酱料碟绕远路从小哥身边走过：“这个饺子你不吃可就亏大了，每个里面都包了至少两个大虾仁。”

解小哥很疑惑：“不是荠菜猪肉吗？怎么会有虾仁？”

“不信你吃一个尝尝。”

解小哥带着揭开事实真相的决心，沾着大蒜汁美美地吃了一个，得出结论：“没有虾仁！”

“不对啊，我肯定放了，你再尝尝这个。”

半个小时后，小哥尝了二十个，打了个饱嗝：“没有虾仁！”

解爸挠挠头：“是吗？那我记错了。”

从一个饺子的诱惑开始，小哥刹不住车了，饥肠辘辘地回到家，今天多吃半个花卷，明天多吃一碗面条，后天多吃两碗米饭……健身不仅强健身体还能增加食欲，一周后小哥又把之前掉的称追了回来。

开学前，小哥说在火车站接我，我下了火车刚出站，迎面走来一位高大健壮的板寸男，他伸手要拿我手中的行李，我一惊，脱口而出：“大叔，您认错人了吧？”

解小哥一阵气结，拉着我的手：“我是你哥！”

我看着小哥健身后显得更宽更厚更胖的身躯，半天没缓过神来。

解小哥叹了口气："我可能再也回不到一百四了。"

我笑着拉他的手："那有什么关系，大不了咱就比翼双肥呗！"

第八章

身怀绝技

1

我们摆摊的事被小哥家里知道了，在小哥家人的强烈反对下，我们只能暂停了创业致富的道路。原本想在国庆长假大赚一笔的我们，将货清空后就去了趟华山，谁知回程时脚都不会走路了，只能迈着外八慢慢挪。

绿皮火车人多，小哥把我护在车厢角落，面对着我，撑开两手扶在车壁上，用背部挡住后面拥挤的汹涌人潮。身后的两面车壁和小哥的身体为我隔开了一个相对安全封闭的三角形空间，我站在小哥为我筑起来的临时人肉包围圈里，虽然跟旁边的环境只有一人之隔，却是安心了太多太多。

我的高度刚好把耳朵靠在解小哥的胸前，车厢里空气污浊，人声嘈杂，火车运行时的惯性以及后面人挤人的推力让我们几乎连站都站不稳，我紧紧抓住小哥的衣服，他则更用力地撑实了双臂。因为父母经常吵架，我从小就是个很没有安全感的人，说也奇怪，自从和小哥在一起后，只要被他拉着，我连过马路时都敢闭着眼。

就在我们站得腿几乎要废掉之前，火车终于慢悠悠地到站了。我俩一身疲惫，又渴又累，车上太挤，连卖食品的小车都推不过来。我渴了一路，看到火车站旁有卖水的，赶紧奔了过去。

小哥背着大行囊跟在我后面，我拿了水递给小哥，小哥帮我拧开后又赶紧递给我喝。自从跟小哥在一起后，我就害了“凡是带盖的都不会开”的病，猛灌了大半瓶水我才缓过来，看了眼旁边也渴坏了的小哥说：“你怎么不喝？”

“你喝足了我再喝。”

“你手上不是有一瓶吗？”

“怕你一瓶不够。”

在我的催促下，小哥一口气喝完了他那瓶。

我没想到他比我还渴，赶紧把我剩下的那小半瓶也递了过去。

我俩喝饱了水，才步伐僵硬地朝公交站挪去。

从车站到学校要坐八站地，公交车二十分钟来一辆，正好有辆公交车刚进站，我俩很高兴，奋力抬腿朝前走，一百多米的距离，对刚从华山下来的我们来说，每抬一次腿都是考验，直到车子开走，我俩愣是没挪到。

罢了罢了，等下一班吧。

我俩正相互搀扶着缓缓前行，就听小哥惨叫一声，伸手一摸屁股，竟然染了满手血。我吓得转身一瞧，一位神色慌张的中年妇女站在小哥身后，我低头一看，小哥穿的白色裤子不知啥时候被刀片割开了一个手掌大小的口子。

小哥的屁股后面有个兜，看起来鼓鼓囊囊的，不知道的还以为是钱，其实那里面放的是一大沓卫生纸。小哥觉得放包里不方便，就顺手塞进了裤子的后袋里，没想到被贼盯上了。估计这贼以为小哥的裤子厚，不易察觉，怕割不破裤子就下刀下得狠了点，谁知这裤子竟然这么薄，一刀下去血都出来了，红色的血渗到小哥白色的裤子上，远远一看就像沾上了大姨妈。

小哥边捂着屁股边疑惑地盯着身后那个面色黝黑体型粗壮的女人，不能确定她是不是就是割破他裤子的贼人，女人看我俩是学生，也不怕，像没事儿人似的转身就要走开，丝毫没有被识破后惊慌的样子。她淡定的样子差点儿就把我们给蒙了，估计这女贼确实诸事不宜，刚走出两三步，手上的刀片没攥稳，“咣当”掉在了地上。

2

人证物证俱全，技术不精的女贼看事情败露，转身想跑，小哥血气方刚，哪能放她溜掉？肾上腺素激增，当场爆发神力，抬起两条连走路都困难的酸胀八字腿就追了过去，我吓得不轻，在后面也连忙跟了过去，第一次抓贼，紧张得都忘了呼叫。

女贼熟门熟路跑得飞快，但小哥毕竟是男的，追出十几米就把人逮住了，揪着那女贼的衣领想把她扭送到车站的派出所。

女贼急了，对着小哥又踢又挠，嘴里还用方言威胁说要让我们好看。我想跑过去帮忙，小哥边想法擒住女贼的双手边叫我不要靠近。女贼属于粗壮型，小哥不打她只想擒住她，女贼看出了小哥的弱点，拼命踢打，我的心都要跳出嗓子眼儿了，怕小哥吃亏，这才想起喊，刚喊了一嗓子："抓贼啊！"就看到三个男人从看热闹的人群里冲了出来。

我心里一热，感慨世上还是好人多，就看他们三个朝着小哥去了，我一看事情不对，大吃一惊，本以为喊来了帮手，没想到来人却是女贼的帮手。

旁边看热闹的人估计都认识这伙惯偷，根本没人敢上去帮忙，我拿出手机报警，接电话的那头还吵吵着听不清，这边已经从推搡变成了动手。

我认识小哥这么久，没见过他跟人红过脸吵过架，更别说打架了，三个人把小哥围住，只见小哥忽然双脚开立，两臂前举，屈膝按掌……对方一看这架势都惊了，以为遇上了高手，没敢贸然往前冲，估计都在暗中比较着对方的实力。我边看边捏把汗，心说小哥啊，咱体育课上学来安定睡眠的太极拳，你用在这里真的好吗？

小哥太极拳打得不错，一招一式有模有样，还曾被体育老师推荐去参加了太极拳比赛，只见他一个野马分鬃，紧跟着又一个白鹤亮翅，手挥琵琶……

三位贼人对看一眼，即将以多欺少。

危急关头，我抬眼看到了正前方的车站出口处，正好走出来一拨同系的男生，我使出浑身力气，朝他们拼命呼救，男生们认出被围着的人竟然是解小哥，十来个人全都冲了过来。

原本还想仗着人多欺负小哥的三个贼男，一看平地跑来一群愣头青，顿时吓傻了，瞬间钻进人群中没影了，动作之快之利落，就跟从来没出现过一样。

被同伙撇下的女贼傻眼了，看着围过来的男学生慌了，声音嘶哑、口齿不清地嚷嚷："小兄弟，你们……你们都是学生，打架是不对的，你们……你们别乱来！"

包围圈继续缩小，女贼吓得一屁股坐在地上，发出惊天动地的叫喊："警察！救命啊！"

3

女贼在地上装疯卖傻撒野泼，十来分钟后警察才出现，女贼像是见着了亲人一般，一头扎进两位警察的怀里："民警同志，快带我走！"

贼人被抓，我们热血沸腾，一群人自带古惑仔打群架时的背景音乐向公交车站挪去。上了车我们才彻底放松下来，鸡血用光了，我们像两根软面条一样瘫坐下来，刚一碰着椅子，解小哥就打了个寒战。

我吓了一跳："怎么了？是不是刚才打架时伤着了？"

他摇摇头，用手指指屁股："冻腚。"

十月份的天气已经转凉，公交车上的座位都是铁的，小哥一坐下，被割开的裤子就撑出一道大口子，露出来的皮肤直接碰到冷铁上，不冻才怪。

小哥用手捂着外露的屁股肉，又窘又累地撑到学校，在学校门口下了车，我赶紧买来创可贴要给他贴上，顺便看了看他屁股上被刀片划破的伤口，还好不太深，血已经止住了，我摸了摸上面的血痂，旁边人来人往，都奇怪地看着大街上摸小哥屁股的我，小哥尴尬地转过头来："别……别……这里人多。"

休息了三天，我们的腿勉强能正常走路了，解小哥指着屁股上的"功勋章"颇为担忧："也不知道那贼人的刀片有没有消毒……"

等小哥彻底好了，也没有留下什么"后遗症"。他开始在我面前吹嘘："就算没有援兵，那三个贼帮手也不是我的对手。"

我一脸鄙夷："该让你尝一尝被打的滋味儿。"

小哥故意皱着眉头："怎么可能。不过幸好我没来得及用我的太极拳，不然他们受了伤还要我负责。"

第九章

男孩的心思你别猜

1

冬去春来，寒假回家过了一个春节，转眼又到了一年的开学季。

解小哥摊开他那半人多高的行李箱，兴致勃勃地掏出一大堆土特产，什么烤大虾干扇贝酱爆螃蟹各种特色火腿肠……满满摆了一桌子，我看了眼全是食物的箱子，问：“你的衣物呢？”

“没带。”

“为什么？”

“腾地方给你放吃的。”

“……”

对于在内陆城市长大的我来说，海鲜食物是新鲜玩意。我左手拿虾右手举蟹，放进嘴里一通乱嚼，只能尝到滋味，根本没吃到精髓。解小哥看我吃得凶残，赶紧麻利地给我去壳，三两下就扒光了海中怪兽的躯壳，再把肉统统塞进我的嘴里，我吃得不亦乐乎，大快朵颐咀嚼着送进嘴里的一切，正吃得起劲儿，就听解小哥惨叫一声："我的手指……"

吃饱喝足，我才想起自己也给小哥带了东西，打开背包，从里面拎出两个绑在一起、单个足有五六斤重的大粽子："这是给你带的特产，自己家包的，纯天然无公害特好吃，我为你千山万水扛来两个，一个煮着一个炸着，都让你尝尝。"

小哥之前吃过我也称之为特好吃的鸡蛋粥，现在心里满满的都是阴影，再看着这两个能防身用的铁锤粽子，头都大了，话语中无限哀伤："这个……这个吉尼斯级别的巨无霸，咱俩能吃得完吗？"

"不是咱俩，是你，我辛苦背来的，你看着办吧。"

小哥眼泪都快下来了："要不，给其他人分分？"

"其他人有别的礼物，你就甭操心了，这是给你的特供。"

小哥哭丧着脸拎起粽子掂了掂，直犯嘀咕："难道，你就是传说中的陈可汗他妹？"

"陈可汗是谁？"

"九七拳皇里那个扛着俩铁锤到处走的胖子。"

我白了他一眼："少废话，为了扛这两个锤子，我的腰都快废了，你要拿出点儿诚意，把铁锤给吞了，不然我告诉我哥去。”

解小哥一脸为难地用手敲了敲粽子：“哎呀，你说这又大又硬的粽子，这……能好吃吗？”

我拍拍胸脯：“败絮其外，金玉其中。”

解小哥还不死心：“臣禀大王，寨中没锅没灶，无从料理此物，如何是好？”

“这你甭管了，中午咱俩食堂见。”

解小哥长叹一声被我支走了，我扛着粽子又去借了白师姐的厨房，鉴于我的零厨艺，我请师姐帮我把两个粽子收拾妥当，煮的炸的各留下一半当谢礼，然后带着满满两个饭盒的粽子在食堂等小哥。

小哥第一次吃肉粽，看着一煮一煎两大盒粽子，眼睛一闭，做好了多一次心理创伤的准备，小心翼翼地各尝了一口，忽然不说话了。

我满脸期待：“怎么样？”

小哥眼神空洞地咂咂嘴：“咽得太快，没尝出来……”

为了减少味觉伤害，敢情你是生吞啊？

我把盒子往他面前又推了推：“有的是，你慢慢尝。”

小哥叹了口气，再次举起筷子。

“怎么样？”

“不好说。”

“说！”

“不说了，小的用行动来表示对大王的一片忠心。”

2

半小时后，两个盒子的粽子被消灭干净，吃了一肚子不好消化的糯米，我俩溜达了一会儿小哥就开始直冒酸水，实在难受，小哥只能又吃了两包碱性的苏打饼干外加一包花生米才制止酸水，他拍拍滚瓜溜圆的肚皮叹口气：“鸡蛋粥是当场毙命，大肉粽是慢性中毒，我快练出金刚不坏之身了。”

“我还有很多土特产没给你尝呢。”

小哥打了个饱嗝，艰难地说道：“以后别再给我捎东西了。”

我一听不高兴了：“我不遗余力给你带吃的，你就这么不喜欢？”

“你傻啊，不喜欢我能吃完吗？我这不是怕你累着吗？”

“那我不是想带来给你尝尝嘛。”

“不着急，以后有的是机会。”

“什么时候？”

“陪你回娘家的时候。”

我从小就是个缺乏安全感的人，总觉得这世界变化太快，能坚持下来的东西又太少，我害怕承诺，更怕承诺落空，我和小哥在一起虽然开心，但我从来不说以后。

而小哥跟我不同，从跟我在一起的第一天起，他就认真地跟我说："我不是一个随便的人，我既然决定要跟你在一起，就做好了以后跟你结婚的准备，如果有一天我们要分手，主动权也在你的手上。"

"什么意思？"

"就是无论你怎么作，我也不会跟你提分手，除非你跟我提分手。"

"哈哈，那敢情好。"

"不过，你提分手的次数不能超过三次，第三次我就会当真。"

"还要三次才能当真？我像是这么爱开玩笑的人吗？"

"我是怕你再也遇不到我这么好的人，所以多给你两次机会。"

"……"

当时刚满二十岁的我觉得结婚就像天方夜谭，觉得刚确定恋爱关系就谈结婚的解小哥是个奇葩，虽然他的告白让我有些蒙，但他对这场恋爱的认真态度和对以后的长远计划，让我这个从小生活在争吵不断和随时离婚的家庭里的人来说，记忆深刻。

感动归感动，我依旧没信心跟他承诺以后的事。

日子一天天过，大学里无非就是吃饭睡觉谈恋爱，没有职场中的钩心斗角和每月催命的房贷车贷，最大的难题，也不过是挂科和补考。

我是及格万岁党，能考六十绝不拼六十一，每次考试临近，我们宿舍就集体写小抄，贴得满身都是。夏天还好说，把裙子一撩，大腿上整版的风湿膏上都是答案，让我养成了一闻这味儿就觉得特安心的习惯，一身的风湿止痛味，走过路过，闻到同一个味儿的，都是同道中人。

靠着这法子，我还每次都能踩着线过去，跟学霸小哥在一起后，我更放心了，心想有了这个行走中的答案，我连小抄都不用准备了。

没想到考院里的英语四级时，小哥提前把一沓复习资料丢给我，让我在考前把这些都看了。

我把资料丢回给他："我最近在追剧，宿舍就那几个时间段有电，我根本没时间看这些啊，考试时你就给我传六十分的答案就行了，不用搞这些形式了。"

小哥认真地说："不行。"

"啊？为什么？"

他指指自己："我是帮人作弊的人吗？"

"啊？那我怎么办？"

“自己看书。”

我很生气，弯也不遛了，早早地回宿舍看剧解气去了。

3

第二天小哥就拉着我上自习，我没办法，只能硬着头皮去陪太子读书，但我惦记着电视剧，哪里坐得住？就跟小哥说：“你在身边我都没法安心复习，我还是自己在宿舍复习吧。”

小哥本来不同意，但想想自己帅炸的样子好像又有点儿道理，于是临考试前的半个月，我和小哥除了在一起吃饭，其他时间都是各自安排。

拿着小哥辛苦为我划出来的重点资料，其实我是打算看了一集电视剧之后就抽空看看的，但大家打游戏的打游戏，看视频的看视频，氛围实在太好了，我这人基本没什么自制力，很容易被腐蚀同化，跟着热烈的气氛一看就看到了断电前的几秒钟，等一片漆黑时才想起复习资料一页都没看。

猴舍长躺在上铺，听我在下铺唉声叹气，安慰道：“放心吧，小哥不救你我救你，我把小哥给你的复习资料的答案抄全了，等交卷路过你身边的时候，我把答案丢给你。”

我一听感动万分，关键时刻果然还是女友情深，我从枕头底下悄悄给猴舍长塞了块巧克力："不要写太多了，六十分就行。"

考试的前一晚，小哥问我："给你的资料你看完了吧？"

"看完了。"

"你撒谎。"

"你怎么知道？"

"你每次一说谎准抠鼻子。"

瞒不住了，我只能坦白："放心吧，猴舍长会给我传答案的。"

事到如今，小哥也没法了。

考试当天，猴舍长一起床就不顺，先是牙刷掉地上，出门又忘了带准考证，好不容易坐到了考场上，刚开考半小时，就被监考老师逮着了。

舍长被监考老师请出去的时候，她还英雄一般地嚎了一嗓子："你们好自为之吧！"

因舍长这句拉人陪补考的话，接下来的时间里，监考老师就像长了八双眼，火力全开地扫射着整个考场，所有拿着小抄的人都暗骂着已经在外面吃豆包的舍长，我在心里长叹一声：常在河边走，哪有不湿鞋，看来这次的补考是躲不过了，早知道就应该听小哥的话，看一眼他给的资料啊。

我望了一眼远在三排之外的小哥，他淡定地低头答题，看都没看我一眼，我心里一横，心想反正这次补考的人肯定不少，丢脸也不止我一个，我拿出笔，准备开始乱填。

就在此时，就听得后面一阵脚步声，小哥快速走过来，路过我旁边的时候，手一抖，留下一个小纸团，他身形高大，挡住了监考老师的视线。我都快吓尿了，没想到在这么严的考场里，小哥还敢顶风作案。拿着小哥冒着风险给的纸团，我小心翼翼地抄够六十分，在最后的三十分钟里，趁监考老师分神，我又把纸团传给后面的舍友们。

有了小哥的帮助，我们宿舍除了猴舍长，全部低空飞过。舍长捶胸顿足："失策啊失策，我怎么就没想到，小哥肯定不会不管你这个学渣呢？"

为了表示对小哥打脸相助的感谢，我屏住呼吸，亲手给小哥剥我最讨厌而他又最喜欢的大蒜，自从跟我在一起后，小哥就没在我面前吃过蒜，现在看我主动给他剥蒜，很是惊讶。

我把几颗剥得惨不忍睹的蒜放到他的碗里，跟他说："帅哥，这次的期末考试就拜托你了。"

小哥愣了半秒，义正词严地摇头拒绝："我是帮人作弊的人吗？"

第十章

再见，我的胖子时代

1

有一天我跟小哥吃完晚饭在校园里溜达，走着走着小哥忽然停下，弯下身凑过来跟我脸对脸。我心脏狂跳，心想完了，刚吃完饭还没刷牙呢，口腔里会不会有味道？正打算羞涩地闭上眼，就听小哥说话了：“你牙上的香菜是打算留着今晚当夜宵吗？”

“……”

我又窘又恼，赶紧用手抠牙，想把牙上丢人现眼的菜渣弄走，正抠得起劲，忽然觉得后槽牙发酸，刚开始我没在意，但转眼这酸就成了疼，还越来越疼，我皱起眉头说了句：“牙好疼。”

小哥又幽幽来了一句：“你到底打包了多少，牙都不堪重负了。”

牙疼不是病，疼起来真要命，解小哥看我哼哼唧唧不像是在开玩笑，说我带你去看牙吧。

我捂着疼起来的腮帮子看看黑下来的天：“都已经七点多了，这会儿牙医还不下班吗？”

“救死扶伤总有值班的啊。”

“可我这又不是急诊。”

“没事，咱过去看看，没人咱就拿点儿止痛药再回来。”

学校南门附近有个综合性的医院，我的牙神经一阵阵地抽痛，就算回宿舍也躺不踏实，一咬牙，去看看再说吧。

我俩直奔医院去了，天已经全黑，有点儿起风，像是要下雨的样子。解小哥拉着摇摇晃晃直喊疼的我急忙往南门赶，走到半道就开始有雨落下来，原本三步并两步的我忽然停下来，掏出手机跟小哥说：“等等，我打个电话。”

“怎么了？”

“忽然想起一件急事。”

小哥只能先站在一旁淋着雨等我。

我不停地吸气吐气，龇牙咧嘴地把电话拨给舍长：“舍长啊……我衣服还挂在窗外呢，下雨了，赶紧帮我收衣服啊……”

小哥在一旁差点儿脚底一滑，倒在地上。

我俩到了医院，挂号处的小护士看了眼穿着背带裙、上下一样粗的我热心提醒道：“妇产科的医生已经下班了，你们明天再来吧。”

我当场就想骂人，我就胖到那份上了？

小哥忍着笑：“我们是来看牙的。”

小护士半信半疑地看了我一眼：“我们这里没牙科呀。”

我去！白跑一趟还被莫名羞辱，看这事闹的！

淋着雨白跑一趟还生了一肚子气，牙齿依旧疼得不亦乐乎，今晚真是太不愉快了，回来的路上我气得一句话也不说，小哥只能想方设法地开解我。

“别上火了，就当提前演练呗。”

“演练什么？”

“演练产检啊。”

我白他一眼：“要练你自己练。”

“你还别说，我刚才还真想象了一下陪你去产检的样子。”

“怎么样？”

半天没听他说话，我转过头去，看到解小哥在揉眼睛。

我停下来看他：“沙子进眼了？”

解小哥忽然一把抱住我：“陪着你一起去产检，想想还挺感动的。”

我一脸无奈，让他松手。

“不松，你要是牙疼就使劲儿掐我。”

2

好不容易忍了一晚上牙疼，梦里都是满嘴的蚜虫。第二天一早，小哥就拉着我去他昨晚跟人打听到牙科小诊所。

在我们上学的地方，牙科诊所是个新鲜玩意儿，在里面从业的人员估计都是开山鼻祖，看我这小白鼠上门了，一个牙医带着一群小弟子围了上来："大家一会儿都认真看仔细瞧啊，客人可不是天天都有的。"

那牙医用小电筒给我看了看，说别人的智齿都是竖着长，而我后面两颗智齿全是横着长的，刚好转了个九十度，右边的那颗智齿长得壮一些，顶到了前面的大牙上，破坏了大牙的表面牙釉质，蚜虫什么的都趁机往里钻，所以牙疼了，如果再不拔掉那颗智齿，大牙也完了。

以我当时有限的智商，其实根本不在乎大牙完不完的问题，我只是怕疼，想赶紧除掉那颗作恶多端的智齿。牙医小弟给我打了剂麻药，等了十来分钟，拍拍我下巴没感觉了，牙医拿了个拔牙的钳子，开始在我嘴里拔萝卜。

前面的牙都是两个牙根，大牙和智齿都是四个牙根，坚固得很。牙医拔了十来分钟，满头大汗，硬是没把那智齿拽下来，于是朝后面的小弟一挥手，小弟拿来了一电钻。

电钻“呼呼”转了五六分钟，智齿纹丝不动，牙医脸色难看，扭过头来看我：“没想到你的智齿这么牢固，智齿没拔出来，倒把你的大牙给震裂了，整整齐齐裂成了两半。”

大牙给震裂了，那可不是小事啊，要换成现在，我还不跟他拼命？可我那时很傻很天真啊，觉得裂就裂呗，没啥大不了的，可事实上，那颗裂掉的大牙，给我后面的生活造成了无数的麻烦，成了我无尽的遗憾。

解小哥很着急，说这裂开的牙怎么办啊？我极其脑残地用已经麻木的嘴巴，边流口水边说了句现在想起来就想抽自己的话：“没事，掉了就一起拔了呗。”

牙医看我这么蠢，终于放心地松了一口气，又一挥手，叫小弟拿来一套锤子和一字螺丝刀。

小哥惊了，说你要干吗？

牙医解释：“那智齿太顽固，一般的手段已经奈何不了它了，所以我们现在要采取非常手段。”

那牙医说着，用一字螺丝刀插进我智齿和牙肉之间，然后再拿着锤子敲螺丝刀的把手，让它像凿木头一样凿进我的牙床里。

我听到了自己牙齿和牙肉削离的声音，我的头颅随着锤子每一次砸下来都会跟着震一下，旁边的小弟不停地用管子吸我口腔里血水和口水混合在一起的液体。我虽然因为麻药感觉不到疼痛，但眼泪还是顺着眼角慢慢滴了下来，那种伤感，就像在跟自己身体上再也回不来的一部分永远告别了。小哥在一旁紧紧地攥着我的手，一脸难过。

把两边的牙肉都分离后，牙医拿着老虎钳，左右两旁的小弟各拿一个螺丝刀，一阵猛拔，终于把那颗血淋淋的智齿给揪了下来。

3

处理好了伤口，牙医边点钱边指着我左边的智齿："那颗也尽快来拔掉吧，不然很快也顶到大磨牙了。"

小哥拉着满嘴咬着棉签的我慢慢走回来。牙齿不疼了，心情也好了，我含糊不清地问他："你说我左边那颗智齿什么时候来拔？"

"别拔了。"

"不拔它顶坏我大牙怎么办？"

"顶坏也好过被他们震坏，至少是自己弄的，不冤枉，刚才看你那样，我太难受了。

"如果我牙疼了怎么办？"

"疼了再说，再说了拔牙不是更疼？"

我摸了摸麻药过后隐隐发痛的牙床，心想是有那么点道理啊，那就先不拔了，等它疼了再说。就这样，在解小哥的保护下，我左边的牙总算逃过一劫。

而我那可怜的右侧牙，在失掉智齿和大磨牙两员大将后，上牙因为没有了跟它对磨的下牙阻力，这些年越长越长，成了名副其实的大獠牙，差一点儿就要刺到我下牙床了。没有了最后那颗大磨牙，右边的下牙越长越歪，也不结实，就像站歪了的队伍，散了线的篱笆，前凸后凹。

于是，左边的牙齿成了名副其实的顶梁柱，而左边的牙齿用多了，也出现了过度磨损，现在的我根本不敢吃太硬太粗太费牙的食物。每每看着我这口被自己折腾坏的牙齿，懊恼不已，还好小哥当时阻止了我，还好当时听了小哥的话，不然现在的我，估计就要在这人生的大好时光里，跟无尽的美食挥手说再见了。

拔完牙后，为了等伤口愈合，我不得不吃了几天的流食，等我能吃固体食物时，小哥忽然跟我说：“你好像瘦了。”

看着体重秤上少了三斤，我惊到了，拉着小哥赶紧去吃一顿大餐压压惊!

我边涮锅边想，反正已经决定了跟小哥比翼双肥，这掉了的三斤我得补上，不然对不起小哥啊。

连续吃了几顿大油水，我站在体重秤上猛搓眼睛：“又瘦了？加上之前掉的三斤，一共掉了五斤肉啊，这称对吗？”

小哥也惊呆了："下来下来，换我上去试试。"

小哥一上去，我俩又一次惊呆了，从我拔完牙到现在，他竟然又长了四斤！

小哥一脸沮丧："这肉转了一圈还是没出门，真是肥水不流外人田啊。"

或许是牙齿不好吃不香了，也可能是胖太久了老天也看不下去了，打那时起，我就开始掉秤，并且再也吃不胖了。等到假期来临，我和小哥站在一起，远远看去，就是一个大皮球后面缀了根捆球的细绳。

宿舍里的胖子们在卧谈会上谴责我，说我把一代男神生生祸害成了男神经，还是肥头大耳的男神经。

我找理由为自己开脱："他原本就是男神经，不然怎么会看上我这个女神经？"

我瘦后小哥经常问我："你会嫌我胖吗？"

我拉着他宽厚的胖手安慰道："怎么会呢？我还要陪你去产检呢。"

第十一章

怎样才是恋爱的最好状态

1

跟小哥在一起，我总会有种“我们结婚五十年了”的感觉。

我和小哥的日常就是上课，吃饭，散步，然后……周而复始。如果给我们染上白毛再养条狗，那画面绝对就是我俩五十年后的真实写照。

好在，我发现我俩的共同点越来越多了。

比如： 我俩都属于喜欢一道菜能连续吃一个学期不换样的“专一”人士；我们都爱学校二灶的豆腐皮和各色蔬菜拌在一起做成的凉菜；我们吃饱饭的信号都是最后顺进去一碗放了胡椒粉的浓稠紫菜蛋花汤。每天放学，我俩都会直奔同一个打菜窗口，日久天长，凉菜窗口的打菜阿姨如果哪天没看到我们，总有没上班的错觉。

小哥对景点不感兴趣，好在我也懒得动弹，于是大学四年，除了有一年国庆假期去了一趟华山，学校附近的任何景点都没去过，跟谁说都不信。

我和小哥在一起这么久，从没因为意见不同而吵过架，也不知道是不是学霸在学渣心中总有一种莫名其妙的神圣感，小哥说的话我都觉得有道理，小哥做的决定我都会同意，我之所以这么随和好说话，还有另一个原因：懒。

我懒得费脑去想，也懒得费力去做。

我懒到什么程度呢， 我们住的这栋女生公寓是全校楼龄最长条件最差的公寓，没有之一。宿舍一共四层，一层有二十五间宿舍，一间住着八个人，就这么密集的人员，每一层的厕所只有八个位置，东西两头各四个，挨着两个大的盥洗室。

在这种平均二十五个人抢一个厕所的残酷条件下，每个有早课的早上和每个拉闸熄灯后的晚上，盥洗室和厕所里都是一场没有硝烟的争夺战，而这战争的主体是患有拖延症、懒癌和网瘾晚期的人群，勤快且自律的学霸们从不包括在内。

我这种懒癌晚期不到最后一分钟是绝不起来的，别说上头坑的厕所了，为了能赶上第一节课，我有时甚至连牙都来不及刷，脸也来不及洗，拿上本书，往嘴里丢颗口香糖，顶着鸡窝头和一脸的眼屎就冲向教室。

就在我觉得自己这四年也上不了一次头坑的时候，竟然因为吃错东西拉肚子，不得不早早起来上厕所。早上五六点钟，楼道里也就零星的几个学霸出来刷牙，我第一次能在早上选了个最干净的厕所，蹲了个没有臭味的头坑，这样美好的感觉让我顿时感觉这才是做人最基本的尊严和待遇，有了这样的体验，我跟自己定下一个看似简单实则艰难的目标：天天上头坑。

然后第二天……就没有然后了，第二天肚子好了，我就再没上过头坑。

2

跟我的言而无信相比，小哥绝对是那一小拨天天六点准时起床，鲜少迟到的学霸之一。这拨人每天不用在拥挤的人潮中排队，独享宽敞的盥洗室，不用急三火四地跟人争抢厕所，从从容容挑选尚且干净的头坑，他们用早起的行动力，每天稳霸着简陋宿舍里最好的生活资源，这种思想觉悟，绝对是国家栋梁的储备力量。

跟我在一起后，小哥看我天天一路小跑去上教室的厕所，大为惊讶："你为什么不在宿舍上厕所？这样憋尿对膀胱不好。"

"我也想上啊，不是排不上吗？"

"那你早起半小时。"

我幽幽地看他一眼："我上的是女厕所，你以为早起半小时就能排得上队，进得了厕所？太天真了！"

"那什么时候起来才能排得上号？"

"早起两个小时吧。"

我在教学楼上完厕所，以为这事就这么过去了，没想到第二天，小哥一起床就给我打电话，催我起来上厕所。

我一看表，才六点整，本来还想憋着，一想反正都被吵醒了，去吧。去完看到盥洗室没人，又顺道把牙刷了，小哥说下来吃早饭吧，我本来还不饿，一想反正闲着也是闲着，去吧。吃完早饭才七点钟，小哥说先去教室上自习吧，我本来不想去的，一想也没别的地方可去。

于是，因为上厕所，我竟然第一次像学霸一样，去上早自习了。

坐在教室里我心里懊恼啊，憋着一泡暖暖和和的尿躺床上睡觉多舒服啊，现在为了尿尿，学渣的我竟然就这样被逼上了学霸的自残道路，人生还能更凄惨吗？

小哥看我心不甘情不愿，就跟我灌鸡汤："好习惯都是坚持出来的，一天之计在于晨……"

可我根本不想听这些啊，我的人生格言应该是：努力不一定会成功，但不努力一定会很舒服哎。

对于催我起来尿尿这件事，小哥有着超乎我想象的坚定意志力和执行力，每天准时打来"尿钟"，我忍无可忍，干脆关机，本以为这样就能美美睡个懒觉，谁知早上六点，就听宿舍广播里传来宿管阿姨的声音：“406牛小妞，406牛小妞，楼下有人找，楼下有人找。”

我欲哭无泪，全宿舍在小哥的帮助下，边抱怨边集体上了次头坑，从那以后，拜小哥所赐，我果然实现了当初想要天天上头坑的宏伟目标。

我觉得小哥这是在变相治我的懒癌，但时间一长我又发现，他是有选择性地帮我治疗，有些方面的懒，他一开始就没打算帮我治。

比如，每次跟小哥出去约会，我都懒得想地方，他说去哪儿就去哪儿，无论他说去哪儿，我都不会反对。小哥从来都是目的明确地直奔鞋店，我俩每天都去同一个地方，导购都对我们翻白眼了，我也不觉得有问题。我是这样想的，学校附近本来就没什么娱乐场所，与其天天费脑子考虑上不同的地方闲逛，还不如就上同一个地方闲逛，反正都是闲逛，有什么差别？

3

像这样的懒，小哥觉得就是不需要治疗的。

我俩在上课、吃饭、遛弯的三大日常上都是高度统一的，所以基本找不到可以吵架的分歧点。

猴舍长听说我跟小哥甚少吵架，给出结论：“不吵架的情侣根本不是情侣，你们充其量就是搭伙吃饭结伴散步的一般同学！”

我不服反驳，说同学有牵手的吗？舍长说同学也有关系好的嘛。我跟她说我和小哥没有吵点，猴舍长说不吵架根本没法增进感情，并嘱咐我要善于观察，生活处处是吵点。为了力证她的观点，她拍着胸脯跟我说：“从明天开始，你来看看姐姐我是怎么跟西瓜太郎增进感情的。”

于是我跟小哥告假三天，打算学习舍长的恋爱精髓。

前面讲过，猴舍长跟游戏里从战友发展成男友的太郎异地恋，每天只能靠网上视频来一解相思之苦，所以，在网上的每分每秒对舍长来说，都极其珍贵。

然而觉得网上珍贵的不止舍长一人，只要一来电，整栋宿舍楼道里都是空空荡荡的，大家全都躲在电脑后面视频的视频，聊天的聊天，看剧的看剧，以我多年的生活经验告诉大家，这个时候，就是上厕所的最佳时间，一找一个准，而且还都是最好最干净的位置。

在我们这种平时上厕所都要挑时间和撞运气的极端条件下，猴舍长为了不浪费一分一秒的时间，连最佳时间都不去上厕所，硬是生生憋到宿舍拉电闸的最后一刻。屏幕一黑，才提着裤子朝厕所百米冲刺，但是，她冲刺别人也冲刺，拉闸以后，厕所和盥洗室简直堪比春运火车站，我们很担心她在等待的时候出现尿气侧漏的意外，但没有，舍长不但毫发无损，还练出了想憋就憋，想拉就拉的逆天神功。

从这点来看，舍长的恋爱态度是极其认真和端正的，也正是这点才让我决定花三天的时间，从她身上学点儿恋爱经验。

第一天，宿舍来电前的三分钟，舍长开始短信让对方做好准备，一上线，对方立马给舍长抖了个长达一分钟的震屏，我吓一跳，转身跟旁边的舍长说："你电脑中毒了。"

舍长边对着摄像头摆着最佳角度边一脸甜蜜道："这是太郎给我的法式长吻！"

我一脸汗。

我坐在舍长旁边，左眼看另一台电脑上的韩剧，右眼看舍长和太郎真人秀，摄像头里只出现舍长，太郎不知道旁边还有个观摩的我，舍长也不告诉他，说为的就是让我看个真实。

对于舍长的良苦用心，我除了拼命看他们秀恩爱，无以回报。

两人一上来就并肩进入游戏，那游戏页面做得花里胡哨，到处都是刺眼的亮光，我是个游戏盲，看舍长把键盘上的按键拍得噼啪作响，指挥着太郎去砍这个捡那个，我坐在旁边，看着一片花花绿绿，根本看不出这两人到底在哪儿。

估计是舍长想要的装备没打到，几分钟之后，舍长开始埋怨太郎，太郎被不停的念叨也恼了，竟然当着舍长的面送花给别的美眉，这下可好，原本是搭档的两人在敌人面前大打出手，游戏里打着，视频里还骂着，好不热闹，直到游戏里围观的敌人都走了，那两人还在打，从秀恩爱到开打，中间也就五分钟，他们耐力持久，从来电开始吵，直到断电才结束，然后，一天过去了。

舍长跟太郎有个特点，无论前一天怎么吵怎么闹，第二天准跟没事人一样，照常上网视频玩游戏，开开心心玩震屏。

第二天，等太郎一上线，她就招呼对方马上一起看“超级女声”海选的直播。当年这个选秀节目火得不要不要的，我和小哥却一集也没看过。小哥向来只关心体育和新科技，别的内容一概不关注，而我不关注，一是我不会唱歌，对歌唱类比赛不感兴趣，二是时间有限，平时都陪着小哥遛弯去了，有点儿时间也拿来看剧了，哪有空看什么唱歌比赛？这次在猴舍长的强烈推荐下，才第一次看了十强对决。

猴舍长异常喜欢李宇春，说她很有男人味，但太郎喜欢何洁，说她很有女人味，两人从刚开始颇为文明地赞美自己偶像到后面撕破脸相互诋毁对方偶像，仅仅用了五分钟，两人又是从来电骂到断电，断电后太郎还第一时间打进电话，两人继续用长途骂，然后，一天过去了。

第三天舍长和太郎开始同时看盗版的《午夜凶铃》，刚刚过了五分钟，两人又吵起来了，原因是舍长说贞子的脸型披头发好看，太郎说扎起来好看，因为这事又吵了一晚上，然后，一天过去。

三天的学习期过后，舍长问我学到精髓了吗？我茫然，她一副恨铁不成钢的样子："你没发现我跟太郎越吵越亲密？"

"何以见得？"

"每次吵完，第二天太郎给我发的震屏都会多出半分钟。"

"……"

猴舍长语重心长地指点我："打是亲骂是爱，不打不骂还谈什么恋爱！生活处处是吵点，只要你善于发现，就没有吵不起来的架。"

我挠挠头："可是吵架多累啊。"

舍长白我一眼："我们连上个厕所都要早早起床，谈恋爱这么大的事儿，不累怎么证明我们谈过？"

一向比我还学渣的舍长，忽然说出这么富有哲理的话，顿时让我刮目相看，为了跟小哥吵架，我特意跟小哥找茬儿："你觉得我身上有没有什么缺点？说来听听。"

"不说。"

"为什么？"

"说了你也不改。"

我撇撇嘴，这家伙竟然如此了解我，那怎么办，这样根本吵不起来啊，我又看看他：“这样吧，说说你的缺点吧。”

小哥想也没想，说：“优点太多。”

我：“……”

靠吵架增加感情在我俩之间是行不通了，我跟小哥说：“咱不能老是上课吃饭遛弯了，不然等咱老了，回忆青春的时候，想起来的跟在老年中心干的都是一样的事，那不是很凄凉？”

小哥略微沉思，觉得好像有那么一点儿道理，于是大手一挥：“那咱今天不遛弯了，去K歌。”

跟小哥在一起这么久，我俩都没听对方唱过歌。我以为学霸的他跟我一样不会唱歌，谁知他一上来就点了一首颇有挑战性的《双节棍》！

我很惊讶啊，我说你不用挑战极限啊，虽然我喜欢周杰伦，但他的歌我也不是每首都能听懂的，你换一首吧。

小哥不为所动，等音乐起来，他一张嘴，我就惊了，看着平日里高冷的小哥手舞足蹈地吼得那个像啊，嘴里连珠炮一样喷着“棍棍棍……”我瞬间被他萌了一脸。

等他唱完，已经黑转粉的我围上去装作采访的样子问他：“请问，你是如何把这首公认难唱难懂的《双节棍》唱得这么出神入化的？秘诀又是什么？”

小哥得意地甩甩头发，用周杰伦的腔调说：“秘诀……无非就是勤奋嘛，我只是用别人勤奋练歌的时间，用来勤奋骂街而已啦。”

我：“……”

小哥唱完到我唱，我好心提醒他做好心理准备，小哥以为我跟他一样自谦，音乐起来，我嘴一张，开始深情地糟蹋他最爱的《花房姑娘》，小哥吓坏了，赶紧夺下话筒，拍拍我的肩膀长叹一声：“行了，以后咱俩还是老老实实地遛弯吧。”

第十二章

虐狗情侣针

1

开学前五天，倒霉的解小哥被表妹家的狗给咬破皮了。

虽然表妹再三保证这只狗是打过疫苗的，但小哥的奶奶说什么也要让孙子去打疫苗。打狂犬疫苗的一个疗程是七天，五天后就开学了，车票都买好了，如果在家里打，明显就打不了一疗程。到底是在这里打还是回了学校再打，解小哥拿不定主意，只能去咨询医生。

“医生，我如果五天后再打狂犬疫苗，会不会有什么问题？”

医生沉思几秒，摇摇头：“这个，最好还是尽快打，越快越好，命是自己的……”

小哥着急，又问：“那我五天后要回校，根本打不完啊。”

“这个好办啊，你先在这里打完五针，回了学校再补上两针，不就行了吗？”

大家一听都觉着靠谱，虽然没打完一个疗程，但有了疫苗在体内，至少也能缓缓啊。

“在火车上那两天不能打怎么办？”

“不碍事，打了五针，够跟病毒打个群架了，顶个三两天没问题。”

“……”

医生拿出一排价目表：“有便宜有贵，命是自己的……”

解妈心疼儿子，选了个最贵的，医生拿出针管针头，把小哥吓了一跳：“这是要吊瓶啊？这么一大管！”

小哥从记事起就不怕打针，但打完这支他死活都不敢再打了，太疼了！以针头为圆心的二十厘米范围内，打完后基本连碰都不敢碰，医生边收钱边安慰道：“疼就对了，说明药水正跟病毒掐呢。”

这都什么乱七八糟的！

小哥觉得太疼了，第二天不想来，硬是被老妈押着过来又扎了一针，这针下去，小哥的泪都要下来了，一冲动，差点儿把家里的狗也流放了。

最后三天，解小哥每天都咬着牙往防疫站跑，一天一支，总算坚持打完了这五支狂犬疫苗。

临走的时候，那医生很仁义地递给小哥一张纸条，上面写着这种疫苗的名字和型号，说：“你到了就给人看这个，保证好使，不好使你找我。”

“谢谢医生。如果不好使，我一定回来咬你。”

解小哥来到学校的第一件事，就是拉着我去找能打狂犬疫苗的地方。找了半天终于发现一个防疫站，小哥给人看那“好使”的纸条，对方看了半天，还给他：“没有。”

小哥一惊：“那能不能调调货？”

“不能。”

小哥傻眼了：“那怎么办？”

这边的医生出一主意：“要不，你用我这个牌子的，重新再打一个疗程？”

一个疗程七针，如果重新打，那之前的五针不就白挨了！

小哥很生气，给第一个医生打电话：“你不是说一定好使吗？人家说不好使，没有你那个药！”

医生思索半天，才慢慢说道：“这样啊，那你自己衡量吧，命是自己的……”

小哥气得摸摸之前的针口自言自语：“那狗反正也打过针的，我之前又打了五针，老子不打了！”

拉着我走出防疫站后，小哥忽然问我：“如果我真得了狂犬病，你怎么办？”

我认真地想了想，说：“没办法了，只能再找一个了。”

小哥当即扭头又回了诊所，决定不管多疼也要重打一次，他是这么说的：“若是发病先咬你再干掉那医生，不能让你们再祸害人了！”

2

陪着小哥打完最后一针回来，我俩一路打闹，我忘了他打针这茬儿，一巴掌拍在他针口的胳膊上，小哥一声惨叫，就差满地打滚了。我想看看啥情况，小哥说什么也不让我靠近，我其实对于打狂犬疫苗没啥概念，觉得不就是打针嘛，作为一个男人，至于那么大反应？

一路走到宿舍下，小哥还捂着胳膊吸着冷气跟我保存半米距离。

我说：“吃午饭去吧？”

小哥皱着眉：“我不想吃了，回去躺躺。”

我一听也不高兴了，心想真小气，不就是拍了一下吗，我又不是故意的，如果是我打针，肯定比你勇敢，别说拍一下，就算当球拍都没问题！再说了，谁让你抱狗来着？不知道抱狗容易被咬吗？你不脑残不抱狗不就没被咬这事了？不被咬不就没打针这事了？没打针不就没我拍你这事了？所以归根结底，还是你的错，你错了还生气不陪我吃饭，你还有理了？

小哥捂着手臂默默离开了，我一个人也没心情吃饭，刚想随随便便吃个砂锅就行了，白师姐打来电话：“我做了好吃的，快来吧。”

到白师姐租的房子，用力把门一推，门后竟然发出一声惨叫，我吓了一跳，转过身一看，一只毛茸茸的黑色小狗扭着胖胖的身子，眼神幽怨地出来了，我对这种浑身长毛的萌蠢型生物毫无抵抗力，也变成脑残了，一弯腰一伸手，就抱进了怀里。

“啊！！”

小哥刚在宿舍缓过神来，就接到我的电话：“小哥，我被狗咬了！”

我俩上午才去的防疫站，下午又来了，医生看看小哥：“你不是打完了吗？”

“我女朋友要打。”

“是被你咬了还是被狗咬了？”

医生热情高涨，如果客户都像解小哥这样，那他就离发财不远了。

医生拿出之前给小哥打的那款疫苗：“看你们感情这么好，就来个情侣款吧。”

之前看小哥打的时候感觉没什么，现在轮到自己，看着那根粗大的针管，我整个人都不好了，完全忘了自己之前的豪言壮语，硬是拖着小哥跑了出来：“冷静冷静，我查过了，现在被狗咬了可以先不用打针，先观察狗，如果狗在十天内不死，那就证明这狗没事，我们也就不用打针了。”

小哥抱着胳膊：“那要是死了呢？”

“那就说明那狗感染上了病毒，咱再过来打针。”

“十天后再打能来得及？命可是自己的……”

“来得及！来得及！来得及！”我一口气重复三遍。

小哥看我一眼，忽然笑了：“怪不得你入不了党，你要是被捕，保准第一个招。老实说，你是不是就是害怕扎针！”

我死不承认：“我胆子长毛的，还怕扎针！我只是觉得没必要大惊小怪，资源浪费。”

回去的路上，我问小哥：“如果我得了狂犬病，你怎么办？”

小哥想了想，说：“再找个没病的呗。”

“你敢！”我作势要打他的针口，小哥吓得赶紧改口：“我打怪升级还不行吗。”

“什么意思？”

“你都成狂犬了，还不是怪吗？只是爆不出什么装备。”

玩笑归玩笑，每一天醒来，我都在去不去打针中纠结，战战兢兢地硬是撑过了十天，第十一天我和小哥都狠狠地松了口气，晚上我俩出去大吃一顿，我举着可乐得意道："看吧，还好我机智没去打针，不然就白瞎了！"

"我宁可你去打针，也不过这十天担惊受怕的日子。"小哥叹了口气。

"好了，现在不是雨过天晴了嘛，干杯！"

第二天中午，白师姐给我打来电话："小狗今天死了……"

什么？！

我匆匆放下电话就打给小哥，小哥这次说什么都要拖着我去打情侣针，我仰天长叹，真是命中注定躲不掉啊。

连续打了七天，打得我一见小猫小狗就条件反射地躲在小哥后面，小哥安慰我说："你打了疫苗就相当于有了保护伞，不让他们咬咬，你打的疫苗就白瞎了。"

我去你的！

一个月后，我和小哥闲逛时偶遇白师姐，她又新买了一只小黄狗，我警惕地盯着她怀里的那只萌蠢汪星人，心有余悸打听道："那只小黑狗，它……当时死得惨吗？"

白师姐满脸忧伤："被车压成那样，能不惨嘛……"

你在逗我呢？

看我一副难过得就快晕倒的样子，小哥擦干笑出的眼泪，拍拍我颤抖的肩膀安慰道："咱打情侣针秀恩爱，虐死那些单身狗！"

第十三章 我们都是不完美患者

1

跟小哥在一起，我才深刻体会到，有一个不会拍照的男朋友是怎样的体验。

其实我俩刚谈恋爱那会儿，手机的主要功能还不是自拍和发微信，很多手机甚至都没有摄像头，在照相还是靠数码相机的年代，我们不可能天天随身携带相机，所以也不能想拍就拍。我个矮貌平，长得好的人连抓拍的都比我认真拍一百张再精挑细选出来的几张都好看，没有对比就没有伤害，这个世界对“矮丑矬”太过残酷，我要拍上百张才能挑出一张好看的，如此巨大的难度和工作量，决定了我这样的丑懒病患根本就不适合拍照。

但我发现自己很快就懒不了啦，小哥跟家里人说他恋爱了，闻此消息，小哥全家强烈要求他爆照。刚开始我极其忐忑，因为颜值低个子矮，在这个看脸的世界里，我心虚。

好在，我们开了一门摄影课程，虽然知识都还给老师了，但我记住了老师当时说的那句重要的话：照片好不好看，跟被照的主体关系不大，照的那个人才是关键，这，就是人才和技术的力量。

多么痛的领悟！原来，我之前的那些丑照，都是被那些没有技术的人给坑了！

现在，我有了小哥这个学霸男友，在那门从头到尾我都不知在讲什么的摄影课程里，他的摄影作品竟然被推荐为优秀作业让大家观摩学习，最重要的是，他还玩得一手PS，前期拍照和后期处理都妥妥的，我仰天长笑，老娘的美好时代总算是来临了。

基于对小哥的信任，我愉快地把所有希望都寄托在他身上，心想我真人虽然长得一般，但照相的人是小哥，那照出来的照片至少也要比真人好看个十倍二十倍吧。

阳光明媚的周末，正是郁金香开放的季节，我也是头一次看到颜色这么多、数量这么大的郁金香，高兴起来便一头扎进去，这看看那摸摸，小哥拿着相机跟在我后面不停地“咔嚓”，颇具大师风范。

满园春色，为了融入背景又能跳出背景，为了给小哥家人留下深刻印象，我绞尽脑汁，特意穿上深蓝颜色的薄外套，对比原则上说，当周围都是色彩斑斓时，唯有深色才能压住画面且成为主体。我不停变换姿势更替背景，力求发挥最好水平。

后来的事实证明，我的确给他们留下了难以消除的印象。

一通猛照过后，我迫不及待地欣赏自己的美照，刚看了第一眼，我想死的心都有了。

果然是最懂你的人才能刀刀命中要害，我毫不怀疑他拍照的原则就是怎么丑怎么拍，其中有那么几张，丑的角度和丑的境界，就是仇人都下不了这个狠手啊。我指着他，手都哆嗦了："你你你……重拍！"

小哥还一脸认真地反问："为什么？这不是挺好的吗？"

我指着照片里猪头一样、笑得面目可憎的人问他："哪里好了？这是谁？"

他奇怪地看我一眼："你啊！"

"胡说！这才不是我！"

小哥左看右看，坚持真理："这明明就是你啊。"

我已经凌乱得语无伦次了："你你，别废话，重拍！"

2

迫于我的盛怒，小哥终于要重拍了，我重新又摆好了姿势，心想还好是数码的，如果是以前的老相机，等冲洗出来才看到这幅鬼样，还不给气尿？

又是一顿“咔咔咔”过后，我又一次满怀希望地过去检验成果，刚看第一眼火就上来了，公园里人来人往，我深吸一口气，调整呼吸，尽量用平常的语气转头问小哥：“你最近是不是对我有什么意见？”

小哥摇摇头：“没有啊。”

我忍不住了：“没有你给我拍成这副鬼样？！”

小哥一脸被冤枉的憋屈样儿：“又怎么了？我觉得挺好的啊。”

“好什么啊，你就不能拍得写意点儿吗？”

“拍照不就是写实还原真相吗？”

我气得说不出话，其实是不知道怎么反驳，我开始深深地怀疑，眼前的男人还是我崇拜的学霸吗？白羊座的男人长脑袋是不是只为了增高？

说真的，我已经没有了拍照的心情，小哥也觉得没有必要再重拍了，他觉得自己真的拍得不错了……

我是真没想到小哥的拍照水平已经到了如此令人发指的地步，他拍出来的作品是怎么被评为优秀作品的？我百思不得其解，后来认真一想，当时老师出的题目是《环境》，这家伙好像拍了一堆垃圾……没错，就是垃圾堆！

照片上那堆垃圾比现实中看上去更加面目可憎，怪不得他能评上优秀！

我很生气，回来的路上一直不理他，小哥觉得很冤，跟在我后面："我真的没有故意把你拍丑啊。"

我不理他。

他又说："我一点儿都没觉得你丑啊。"

我还是不理他。

他接着说："就算你丑，我还是喜欢你啊。"

我脚步顿了一下，跟小哥在一起这么久，他极少会说这样煽情的话，我的不快一扫而光，脸上也有了笑意。看我消了气，小哥过来高兴地拉着我的手一起走，我美滋滋地边走边回味他的话，忽然觉得有些不对："你刚才说谁丑？"

说好了照片第二天要从网上传给小哥家人，前期拍照不好看，我只能寄希望于后期处理，第二天小哥叫我下去吃饭，我让他先传照片给我过目，没想到小哥说已经发过去了。

我没想到他动作这么快，本来还想让他先发给我，我瘸子里挑将军，筛选些P得好点的再发过去，没想到……

我在这头埋怨他："也不知道先给我看看！"

小哥在那头说："你不是都看过了吗？"

"你P过的照片我什么时候看过了？"

"P什么照片？我没P啊。"

"什么？"

我一阵晴天霹雳，P照片是常识，还要说吗？照片照得这么丑，不P就发了？

我已经不想跟他说话了，只能默默地挂上了电话。

我开始怀疑小哥的审美，我跟猴舍长吐槽他的时候，舍长正大勺往嘴里灌咸豆腐脑，嘴里塞得满满的，“吧唧吧唧”的声音犹如踩在烂泥里。听完我的一肚子牢骚，她的豆腐脑也吃完了，这才抹抹嘴开导我说：“你就想开点儿吧，如果小哥审美没问题，能看得上你？”

3

在这个看脸的世界，“矮丑矬”的生存环境已经够艰难了，同类之间就不能更友善一点吗？虽然舍长说得有那么一点儿道理，但我还是傲娇地跟这货绝交了一天。

我急切地想知道小哥家里人看了我照片后的反应，小哥很开心地告诉我：“都夸你……平易近人。”

听说夸人的潜规则是，如果一个女人不漂亮，就夸她气质好，如果没气质，就夸她可爱，如果不可爱，就夸她善良……以此类推，这个朴实，排名堪忧。

从此以后，不到万不得已，我再也不敢轻易让小哥给我拍照。

跟小哥接触越久，越能发现他男神的外表下男神经的本质。

比如，天气转凉，我跟他说明天多穿点儿，第二天，他依旧没有加衣，只是头上多戴了顶帽子。

我说："不是让你多穿点儿吗？"

他指着帽子："这不是嘛。"

等到天气变热时，我看他热得汗流浃背，跟他说："太热你就脱点儿吧。"

于是，就见小哥把眼镜摘了下来。

我问他："你怎么不脱？"

他指着眼镜一脸认真："这不是脱了吗？"

除此之外，小哥还有严重的脸盲症。

从来分不清林熙蕾和徐静蕾，也分不清许志安和赵文卓，无论说了多少次，依旧傻傻分不清楚。但，如此脸盲的他，却能指着几条长得在我看来一模一样的鱼告诉我："这叫园斑星鲽，这叫角木叶鲽，这叫高眼鲽……"

我茫然地看着他："有什么区别？"

他瞪大眼睛，一脸不可思议地看着我："这么大的区别你都看不出来？虽然他们都属于圆形扁平鱼类，但这个园斑星鲽口大，右上颌约等1/3头长；牙锥状；右侧有星状粗栉鳞；背、臀鳍有圆黑斑。角木叶鲽口小，牙尖小，牙群带状，侧线颞上枝伸达体中部或后部。而高眼鲽上眼位高，越过头背中线，俗称高眼或长脖，产量约占黄海鲆鲽类的70%，为冬季机轮底拖网主要捕捞对象之一……”

我撇撇嘴，不服气道：“你连那些明星都分不出来，还好意思说我。”

谁知小哥振振有词：“我分不清他们很正常啊，他们全是两只眼睛一张嘴，哪有鱼和蚯蚓们的特性明显？”

小哥啊小哥，你这样说，考虑过那些明星脸的感受吗？

从跟我在一起的第一天，小哥就清楚地知道我是个无辣不欢的懒癌吃货。

没跟小哥在一起的时候，我懒癌发作，基本只能幻想着吃过了。

跟小哥一起之后，只要是学校或者附近能买得到的，小哥都会边骂我是异想天开的神经病，边屁颠屁颠地跑去给我买。

猴舍长对于小哥无条件跑腿这件事很是震惊，说我俩简直是奇葩组合，我问她为什么，她摇头晃脑道：“正常人干不出这些事。”

解小哥看了我吐槽他的那部分，问我：“为什么写我的部分占了篇幅的四分之三，而我吐槽你的话，你却一笔带过或只字不提？”

我得意地看他一眼：“因为这是我写的呗！”

第十四章

在汹涌人潮里，紧紧握着你

1

四年大学接近尾声，即将分别的忧愁就像一场瘟疫，慢慢在校园里蔓延，路遇熟人不再是“吃了吗”，取而代之的是“找工作还是考研”。

我是个敏感的人，这段时间都小心翼翼地装作若无其事的样子，照样吃饭睡觉逛校园。我心里清楚，一南一北的我们，不可能背离家人的意愿背井离乡，相爱了几年的我们，面临毕业就分手。

解小哥曾经说过不会跟我分手，还说跟我谈恋爱是奔着结婚去的。这些话，对于还在象牙塔里不知前路的我们来说，就像是小孩子的玩笑话，哪段恋情刚开始的时候，不是朝着日久天长去的？但世事变化，能真正走到最后的，又有多少？

对于这一点，不知小哥怎么想，反正我是抱着悲观的态度。

我这人的一大特点是，情绪一低落就感觉肚子饿想吃东西，我血糖有些低，肚子一饿就烦躁，一烦躁就必发火。那段时间，我似乎总在发脾气，而小哥，除了时刻备着充饥的食物，就是在我发火的时候，低头不语。

每次我生气，他就用沉默来抵抗我的火气，等我唾沫横飞一顿乱吼过后，他才递来一瓶水："来，补充点儿弹药。"

傍晚时分，我们每每提着暖瓶走在回宿舍的路上时，时不时地就能看到角落里即将分离的情侣在相拥哭泣，每到这时，我总是假装没看见，我不想哭，跟小哥在一起的日子很快乐，就算要分别，我也想以微笑结束，至少以后回忆起来，句号时的嘴角是向上的。

送我到楼下，小哥把水壶递给我，认真地交代道："今晚早点儿休息，明天一早跟我去研究生部报名。"

我大吃一惊："你要考研？"

"不是我，是我们。"

我指着自己："你觉得以我现在的水平，能考上吗？"

"考不上。"

"……"

"但是你有我，所以还有希望。"

“考试的时候我俩又不一定挨着坐，我未必能抄得到啊……”

“离考研还有128天，从报完名开始，除了吃饭睡觉，咱们就在自习室待着。”

“那……上厕所怎么办？”

“三分钟内回来。”

“那洗澡呢？”

“十分钟内回来。”

“那……”

小哥严厉的眼神扫过来，我把后面的话咽了回去。

从进了大学校门开始，我就没打算再继续往下念，抱着及格万岁的良好心态，没心没肺地过了四年，现在忽然说让我考研，我真是两眼一抹黑，没有一丁点儿准备啊。

舍友听说我要考研，全都围了上来，我在那群胖子的脸上看到了自己刚听到这消息时的震惊表情。我叹了口气：“考了也是白考，就剩四个月的时间，以我有限的能力，如何去跟那些准备了四年的学霸一决高下？”

猴舍长嚼着一根翠绿色的黄瓜，喷着汁水嚷道：“南风亦有转北时，刚知道你和男神在一起的时候，我们也觉得是个笑话，可你们不也照样在一起这么久了嘛。所以说，你连男神都能搞定，还有什么不能逆袭的？”

其他胖子附和："用四个月去碾压那些准备了四年的，为我们胖子宿舍再创个奇迹！"

对于她们的起哄，我只能送一串白眼："考的人不是你们，坐着说话当然不腰疼了。"

2

每天一大早，我踏着胖子们的鼾声出门，晚上拉电闸的前一刻，我才背着沉甸甸的书包滚回来。跟着小哥早出晚归一个星期后，我腰酸背痛腿抽筋，整个人都不好了。

因为之前的不努力，现在复习起来很吃力，看着那些烦琐枯燥的习题，我越做越没信心，虽然小哥一直在给我耐心讲解，但我还是不可避免地越学越绝望，最后干脆趴在课桌上对着一堆天书掉泪，一边是前途渺茫的考研路，一边是毕业就分手的小哥，生活为什么总是这么难以选择？

小哥没想到我会这么痛苦，他沉默良久，忽然收拾东西站起来，拉着我走出自习室。

我擦了把泪："去哪儿啊？"

"出去逛逛。"

"不复习了吗？"

小哥看看我，叹了口气："我虽然很想跟你一起读研究生，但如果这事让你这么难受，那我们就不考了。"

"那……那……"我想说那就意味着我们毕业就要分手了，但这后面的话我到底没说出来。

小哥也没说什么，那晚我们又去逛了学校附近那家耐克鞋店，这家鞋店从我们第一次光顾时的小小一家，发展到现在的三家大分店，这几年里，我们亲眼见证了它的成长，而它，也见证了我和小哥的爱情。

好久没逛街，我竟然没有任何兴奋，站在鞋店里的这一刻，我真切地感受到，如果我跟解小哥各奔天涯之后，再也不会有一个叫解小哥的人，拉着我的手一起去逛鞋店，一起在烈日下奔跑，一起打狂犬疫苗，一起吃我做的黑暗料理，一起……

我忽然难过得无以复加，比考研做题难过一万倍，我紧紧拉着小哥的手下了决心："回去吧，今天的题还没做完。"

小哥抱紧我，红了眼眶，我们踩着路灯下自己的影子，考研是唯一能继续在一起的路，就算只有万分之一的机会，我也不想放弃。

决定了要奋力一搏，我跟打了鸡血一样，每天起得比鸡早，睡得比狗晚。我和小哥过了三个月猪狗不如的生活后，终于，迎来了最残酷的最后一个月。

在最后拼体力和耐力的阶段，我们每天早起看书，挑灯夜战，为了听名师的考研讲座，我们提前一天坐了长途汽车，到相隔三小时车程的考研大本营。为了占个好位置，我们干脆就在上公开课的大教室里窝了一夜，第二天睁开眼就直接等着老师来上课。说实话，我连考大学的时候，都没这么拼过，我之所以这么想考上研究生，不是我真爱读书，只不过是为了给脆弱的爱情，多一点时间。

出人意料，研究生只有我考上了，小哥连复试都没进。本来读研就是为了两个人在一起，现在这样的结局，我一个人留在这个城市，读我不感兴趣的专业，再耗费三年的青春，又有什么意思?

我毅然决然地放弃读研，开始投递简历，解小哥劝我三思，我根本没什么可思的，家里经济本来就不太好，我早一天出来工作，母亲也能早一天轻松。

小哥家似乎早已为他想好后路，先在新东方进行半年的语言特训，雅思一过就直接漂洋过海，去一个我梦中也到不了的遥远国家。

3

我猜这是小哥一早就知道的事情，所以，才故意在考研中落榜，不然，我这个他教出来的学渣都考过了，他怎么可能考不过？

最后一个寒假，他送我上火车，满脸疲惫，他握着我的手，只说了句对不起，就说不下去了。

我知道他一直在跟家里打拉锯战，看他两头为难，我于心不忍，抱着他，拍拍他已经瘦了一圈的后背："我知道，我什么都知道，谢谢你。"

小哥沉默片刻："你……能不能等我回来？"

"你什么时候才回来？"

"……"

小哥无言以对，他没法回答，他出国是奔着绿卡去的，运气好三五年能拿到手，稍差一些七八年，十来年还拿不到也不是没有先例，如果我在国内等他，那什么时候才是个头？

我是个极其缺乏安全感的人，我根深蒂固地认为，再浓烈的感情，也敌不过时间和距离，与其拉长战线相互折磨，不如在最美好的时候及时放手，至少回忆起来，我们还是最初的模样。

转过春来三四月份，每天的晚饭时间，校园广播里就开始乐此不疲地轮番播放着《分手快乐》《祝你一路顺风》等拉仇恨的曲子。我和小哥又回到了吃完饭就开始逛校园的老套路，今时不同往日，离别的心情始终萦绕，再也回不去那段没心没肺的欢乐时光。

回想十九岁那年，我拖了个墨绿色的行李箱，满怀期待地坐上开往西北的列车。

我的大学位于西北一个三线小城，刚下车我就傻眼了，时光仿佛倒退了二十年，除了几条主干道是柏油路，其他的都还是砖头泥路，甚至好多墙壁上的标语还写着“少生孩子多种树”“生男生女都一样”。我当时心就凉了半截，这就是我一直憧憬的大学生活？说好的多姿多彩夜夜笙歌呢？看着脏乱的生活区，我还记得我妈把我送到时是这么说的：“这四年好好改造，争取毕业后能返乡回城。”

讲真，这学校一开始我是不满意的，在报到的时候，我甚至想撕毁通知书，想着大不了明年又是一条女汉子。但……也就是想想，一想到起早贪黑的高三，我又默默地把通知书放进口袋，安慰自己：这学校虽然破点儿，但也历史悠久颇有来头，既来之则安之，说不定破庙里面藏着珍珠呢？

事实证明，我的决定是对的。虽然学校的教学楼破破烂烂的，虽然一间宿舍要住八个人，虽然宿舍天天断电三次，晚上准时拉闸，虽然这里夏热冬冷，虽然它在我毕业之后第二年才评上重点院校，虽然它有这么多事让我不满，我还是感谢它，让我在青春年岁里，在汹涌人潮里，遇到了解小哥。

第十五章

好不容易遇见你，却要从此失去你

1

毕业前夕，班里定了时间要照毕业合照，那几天也不知怎么回事，我和小哥的肠胃都不好，他泻个不停，我却拉不出来。

肠胃不好整个人都没精神，小哥躺在宿舍，我自告奋勇去校医院给他拿药，小哥很是感动，浑身无力还不忘交代：“听说泻停锋这个牌子不错，记得拿点儿。”

我带着一肚子的存货去到校医室，拿出估计是最后一次使用的学校免费医疗证递进窗口里。

“哪里不舒服？”

“拉不出来，请给我开点儿泻药。”

头发烫得跟方便面一样的胖医生看我一眼，给我丢来一袋果导片："一天三次，一次一片，效果不明显再加一片，别吃太多，会腹泻不止。"

我点点头，又说："请给我再开点止泻药，要泻停锋这个牌子的。"

胖医生愣了半秒，耐着性子跟我解释："我只是说可能会腹泻，你看有苗头就不要再吃果导片就行了，不用特地服用止泻药。"

我又点点头，说："我明白了，请给我再开点儿泻药，要泻停锋的。"

胖医生皱着眉看看我的学生证又看看我："你到底是想拉还是不想拉？"

解释半天，我终于一手拿着泻药，一手拿着止泻药，走出了校医院。五六月份，太阳已经很毒了，我站在小哥楼下等他，小哥住六楼，一楼里全是光着膀子进进出出的男生，我不好意思站在宿舍楼道里，只好站在外面晒太阳。不过一两分钟，已经汗如雨下，不知道以前小哥在我楼下等着磨蹭的我时，是如何做到从不埋怨的。

吃了药，我俩的身体状况都好了些，但心里的病依旧好不起来，每天都装得开开心心的，化了淡妆穿上学士服，我俩照了一张合照，那天本来是要照毕业照的，但重要的老师没来齐，毕业照改到了第二天下午两点钟。

第二天解小哥要去新东方报名，我们学校所在的小地方根本没有新东方这种高级玩意儿，他只能去离我们这里一个多小时车程的邻市去报名。

小哥跟我说："明天我自己去吧，不知道什么时候才能回来，怕赶不上照毕业照。"

我淡淡地看着天上的白云："你如果不在，我自己一个人照毕业照又有什么意思呢？"

小哥沉默半秒："可你晕车啊，来回要三个小时呢。"

"别说三个小时，三十个小时我也去。"

小哥紧紧拉着我的手，没再说话。

第二天一早，我怕他自己走了，早早站在他宿舍楼下等，他拗不过我，买了两张车票。

一个多小时的车程，我吐了四次，黄疸水都出来了。小哥不停地给我拍背，语气略带责怪："都叫你不来了，坐不了车还折腾自己。"

我抹掉眼角上因呕吐溢出来的泪，有气无力："就那么几天了，以后想要折腾也没机会了。"

小哥的手僵在半空，脸看向窗外，这些天，我们都很小心地没有触及离别的话题，他怕我伤心，我怕他难过，就算是哭，我也是悄悄地，在他看不到的地方。

2

交了八千块的学费，小哥毕业后的半年算是先在这里定下来了。而我，工作还没着落，过几天学校就要清人了，没地方落脚的我只能先回家再开始找工作。

我俩急赶慢赶，回到学校时已经三点半了，负责照相的工作人员和老师学生都已经各自散场各奔东西。

毕竟念了四年，没赶上毕业照，还是有些遗憾的。我俩站在学校标志性的雕塑前，天气炎热，小哥买了两根我们平时最喜欢吃的小雪人雪糕，我们就盘腿坐在雕塑的阴影下，边吃边休息。

小哥看着吃得正欢的我，表情落寞地问道："没照毕业照，会不会感觉这四年白念了？"

我嘴里咬着雪糕，口齿不清："你以为照了就不是白念了吗？"

小哥点点头："我觉得你没有白念，你比我刚认识你的时候进步了。"

小哥难得表扬我，我凑过去："说具体点。"

"以前你无知而不自知，现在终于自知了，还不是进步吗？"

“……”

缓了缓气氛，小哥又问：“说真的，没照遗憾吗？”

我打着哈哈：“遗憾啊，遗憾昨天穿着学士服的时候没跟你多照几张合照。”

我俩拉着手走回宿舍，读了四年，说不遗憾是假的，但事情都有两面性，以后如果分开了，一想到缺失的大学毕业照，小哥就能想起我，这样想来，也算是一种补偿吧。

宿舍里已经兵荒马乱了，收拾东西整理行李，大家都忙得不可开交，只有我，什么都没收拾，所有物件都敞开摆着，还像平日一样吃饭，睡觉，和小哥逛校园，仿佛这些离别，都与我无关，我像只鸵鸟，把头埋进沙子里，一心只想时间长点，再长点。

如果能一直这样，该有多好?

每年离校季，校园里总有自发形成的跳蚤一条街，无外乎就是师兄把资料赠给师妹，师姐把棉被卖给师弟。我和小哥成天穿梭在跳蚤街的旧报纸破书籍中，也不买，卖的人基本都是同届的熟面孔，搭讪两句，聊个闲天，这一别，也遥遥无期了。

看人摆摊做买卖，我的也手痒了，跟小哥说反正也带不了那么多东西，看看处理掉一些吧。

兴高采烈地回到宿舍翻腾，鞋子倒是五六双，但都不能卖，全是小哥给我挑的，衣服也不少，但也不能卖，这件我穿着跟小哥去吃过二马路的肉夹馍，那件我穿着跟小哥去打针，那几件是跟小哥在商场逛商场的时候打折买的……

既然衣物都没法卖，那就卖书籍吧，翻翻这本看看那本，这本是跟小哥一起去自习室时看的，那本是小哥给我做过笔记的，这些考研的习题更不用说了，全是小哥跟我一起奋斗过的痕迹，看着堆了一床带了小哥记忆的物品，我一件都舍不得卖掉。

3

小哥等了半天，看我空手下来。

“东西呢？”

“没了。”

小哥吃了一惊，我说：“我不想卖了，都寄回家，留个念想。”

小哥愣了一下，点点头，然后拉上我说：“走，今天去吃顿好的。”

每次一难过，我俩就去吃好东西，当时虽然很痛快，但其实后面才知道，这是一种很傻的做法。吃东西的时候，我们总是难以控制，把当时难过的感觉融入菜里，让那些原本好吃的东西，以后再吃，回忆里全都染上了难过的味道，以后，怕不想再吃了。所谓的吃一道少一道，说的就是这种吧。

毕业的学生基本都走了，没毕业的学弟学妹基本都在准备考试，平时火爆异常的“小四川”门可罗雀，显得冷冷清清。

小四川是我们学校附近一家专做四川菜的连锁饭馆，以做出香辣浓烈的川菜闻名，我独爱他们家的麻婆豆腐，鲜香麻辣，趁热就着白米饭，我能连吃两碗。

小哥知道我好这一口，在分别之前，领着我再去大吃一顿。

点菜的服务员一脸怪异地看着我们，再次确认：“你们点的是四盘麻婆豆腐？同一个菜？四份？”

小哥点点头：“一个一个上，不要让它凉了。”

我爱吃辣的，还要趁热吃，为此他没少跟我唠叨：“你这样是要长痔疮的。”

我不以为然，照吃不误。

我们每次吃小四川都尽兴而归，但这次，我觉得他们搞砸了我最爱的麻婆豆腐，又咸又凉还不辣，这菜要怎么吃，太欺负人了。

小哥尝了两口安慰我：“挺好的，以后不要吃太辣太热的东西了，痔疮长了就很难治愈了……”

菜难吃加上小哥唠唠叨叨地说痔疮，我一口饭都吃不下去了，我俩结完账后，又饿着肚子走在路上。街道清冷应景着迷茫伤感，我又气又饿眼泪汪汪，小哥在一旁哄道：“别哭了，一会儿给你买更好吃的！”

我哭得更凶：“不吃！”

小哥叹了口气：“你这样我怎能安心地让你离开？”

不安心又怎样？还不是要离开？

回到学校，小哥拉着我去吃三灶一进门左拐的那家排骨米线，这家的味道是我的最爱，估计以后也再吃不到了。

小哥给我多加了份排骨，又把我最爱的辣子加得足足的，才把那一大碗米线捧了过来：“赶紧趁热吃。”

我边吃边流泪，小哥给我递了张纸巾，自己眼圈也红了。

我吸着鼻子看他：“你哭什么？”

他搓了搓眼看我：“你哭什么？”

我狠狠白了他一眼：“你给我放了这么多辣椒，我能不哭吗？”

吃完溜溜达达地出来，小哥说现在太阳毒，你先回宿舍休息一下吧，晚点我再找你。

我无精打采地回了宿舍，一路上都是拖着行李箱告别的同学，推开宿舍门，看到满地狼藉。大家都走了，相处四年，没有一句离别的话，就这样匆匆分开了。我站在空荡荡的房间里，一直忍着的泪，忽然就下来了。

第十六章

我要我们在一起

1

毕业季难找的不只是工作，还有车票。

别说代理售票处，就连车站也买不到票。我们学校所在的小城只是个小站，票源本就不多，尤其像我这种途径多省份的远方学生，能买到站票就算走狗屎运了。

如果想舒服地回家，办法也不是没有，不外乎就是肯出钱和肯出力。有钱的买个飞机票，轻轻松松就直达；有力的就晚上七八点出发，坐来回三个小时的长途汽车到邻市的省会车站，排长队买凌晨开始发售的始发站火车票，如果队伍不是太长，运气不算太差，应该能买到的。

我又懒又没钱，只能买站票。

小哥说什么也不同意，指指的我脚："就你那鸡爪？站断了怎么办？"

"车上这么挤，我的脚根本碰不到地，断不了，放心吧。"

"那也不行，悬空三十多个小时也好不到哪里去。"

解小哥拦住我要买票的手，不由分说："我去总站给你买卧铺票。"

"卧铺？那要是买不到呢？"

"那就往后推迟一天，总有买到的时候，反正不能让你这么站着回去。"

我想想这如果火车票又不是只能买当天的，干吗排第二次，这来来回回还不够倒腾的，苦口婆心劝小哥："不说排队的时间，光是来回坐车到车站排队我都不想折腾，我还是站着回去得了。"

小哥说你甭管了，交给我吧。

吃完晚饭小哥就出发了，我拧不过他，干脆跟他一起去，小哥怕我晕车又不想让我去，我俩就这样争执了大半个小时，最后还是一起坐上了长途汽车。

晚上坐车的人不多，除了司机就是零星的几个乘客。我靠窗坐在小哥旁边，手拉着他的手，头靠着他的肩，平日心大的我，这些天总是很容易伤感，看不得一点儿矫情的东西，此刻看着窗外清冷的路灯和孤单的夜色，眼泪又下来了。小哥轻轻拍了拍我的脑袋，嘴里碎碎念："好了，好了，好了……"

我抬起泪眼蒙眬的双眼，吹出一个鼻涕泡："为什么我一哭你就拍我脑袋？"

小哥认真地看着我："那个……开关，你知道吗？"

"……"

我报复性地把眼泪鼻涕都擦在小哥的身上，小哥赶紧给我递来一张湿巾："快擦擦，我这衣服可比你那鼻涕脏多了。"

我俩到省会火车站时刚好晚上十点，排队买火车票的人已经浩浩荡荡围了好几个大圈，售票的十几个窗口昼夜出票，可不断涌进来买票的人群让窗前的队伍看起来就跟没移动一样。

夏天的晚上，闷热得厉害，我俩站了不到五分钟，后面又顺着排了十来个人。人挨人人挤人，我踮起脚尖看了眼前面望不到头的队伍，搞不清哪里是头哪里是尾。

队伍里时不时有不守规矩钻空子插队的，有拿着车票来回倒卖的，有背着大包小包急着赶车的，我们夹在人群中，被挤得东倒西歪。小哥这时就体现出身高的顶端优势了，长得高看得远，偶尔有小风吹来，头发丝还能动上一动。

2

相对于小哥，站在底层的我呼吸到的味道显然就丰富多了，从最接地气的脚臭味儿到汗臭味儿再到狐臭味儿，还有跟我一样矮的人的头臭味儿，你有我有全都有，说不尽的应有尽有！

我塞在人群里脸都憋绿了，小哥干脆把我拉出队伍，让我先去售票厅旁边的肯德基里吃东西坐着等他，他自己排就行了，反正我就算跟他一起站着也没什么用。

一推开玻璃门，全身的毛孔都舒服了，空调小风很舒服，我特意找了个靠窗的座位，想着能不能看到小哥，但外面黑压压一片全是脑袋，别说人脸了，位置都辨不清。

温度适宜再加上舟车劳顿，迷迷糊糊的我睡着了，不知过了多久，被一阵椅子撞击地面的声音吵醒，原来是一群结伴来排夜队买票的学生买到票了，兴高采烈地涌进来稍作休息。

我看了眼手机，已经接近深夜一点，小哥从下车到现在已经站了三个小时。我站起来着急地看向窗外，人群依旧汹涌，此时我更不知道小哥移动到了哪里，打他的手机又没有接听，估计是人太多太挤，根本听不到。

这么长时间没回来，我心想难道是没买到票？买不到就买不到吧，你倒是回来啊，这么久也不接电话，急死人啊。

我有些烦躁，也不敢贸然出去找，万一和小哥再错过了，大晚上的就更不好找了。我心里着急，站也不是坐也不是，想着一会儿小哥回来肯定又累又饿，干脆去买了个汉堡和两杯可乐，坐在那里继续等。

虽然有点儿不厚道，但我打心眼里希望小哥站了一晚上依旧没买到票，这样我就能理直气壮地再跟他多待一天了。这样的想法一出来便怎么也刹不住了，从一开始的只想多待一天最后被自己想象成了天意，我告诉自己，如果小哥今晚真买不到票，那就证明我和小哥的缘分未了，既然我们心里都喜欢着对方，为什么不能更勇敢些？

我嘴里念念有词，祈祷小哥没有买到票，整个人因为忽然生出的大胆想法而热血沸腾，不由自主地激动起来。不知不觉一杯可乐下肚了，我拿起小哥那杯又吸了一半，正美滋滋地规划着大好蓝图时，小哥推门进来了。

他满头大汗地挥动着手上那张薄薄的小纸片，一脸兴奋地奔过来："总算买到了！太不容易了。"

我手里的饮料杯"咣当"一声掉在桌上，难道，这才是天意？

3

小哥不知我心里的想法和已经规划到一半的蓝图，兴致勃勃地跟我讲他如何勇猛地跟人抢票，如何跟插队的人掐架，如何差点儿跟这最后的票失之交臂……唾沫横飞地讲了很久，最后才舒了一口气，把这张好不容易才买到的票轻轻放在我的手里："还好，你总算能回家了。"

我拿着这张费尽周折才买到的卧铺票，说不出半句感激的话，天知道我多想回不了家，面对小哥累了大半宿的脸，我只能长长地叹了一口气。

心里的不舒服，终是要撒出来的，我看着没眼色的小哥，心想：你送我离开竟然如此积极。我把本来给他留的小半杯可乐一口喝光，转身气呼呼地推门离开，一分钟也不给他休息。小哥拿着刚啃了一口的汉堡，莫名其妙地看着一声不吭转身就走的我，在后面喊了两声，我没理他，小哥知道我又犯驴了，也没跟我计较，连口水也没喝就跟着出来了。

情深千日，终有一别。

小哥左手拉着我的行李，右手提着他的箱子说要送我回去，我想他大概是把我送上车后，就直接拖着他的行李去新东方报道了。

在去火车站的路上，他一直催着慢慢腾腾走在后面的我说：“快点，快点，再慢就赶不上火车了！”

我心里还巴望着赶不上车，但下一秒又不得不嘲笑自己：这又有什么意思呢？早走晚走，还是要走。

上车过安检的人多，我们紧赶慢赶，好不容易在最后十分钟跳上了火车，人高马大的解小哥一路抬着我的行李在前面为我开道，到了位置上又帮我把东西都放在行李架上，这才放心地松了口气：“总算赶上了！”

我坐在卧铺的床上，心想跟他谈恋爱这几年过得挺开心的，好聚好散吧，便特意换了个轻松语气：“努力考雅思吧，不用常联系了，赶紧下车吧，一会儿车就要开了……”

小哥憋着红脸，摆摆手：“不急不急，等我先休息会儿。”

我看着要走过来换票的列车员有些急了：“你再不走，就真的走不了啦。”

小哥看看我，干脆把自己的行李也放到行李架上。

“你干什么啊？”

“送你回家啊”

“别闹了，人家来换票了。”

他这时候还有空跟我开玩笑，我真是服了。

没想到解小哥从我手上拿过车票，又从口袋掏出一张票，朝着列车员走去了："18号中铺和18号下铺。"

我像个呆子一样张大嘴巴："你……你……"

小哥换完票过来拍拍我的脑袋："关上，关上，别大惊小怪的，不是说了要送你回家吗？"

"那你的新东方怎么办？过两天就开学了。"

为了省钱，我特地让他买的是最慢的车次，到家就要两天，他根本赶不回来。

他憋住笑，一副两难的样子叹了口气："所以啊，我只能退班了。"

"什么？"我又吓了一跳，"这什么时候的事情，我怎么不知道。"

"你不知道的事多着呢。"

"那……到了我家，你……你怎么办？"我激动地问。

他甩了甩头发，一副欠揍的样子："还能怎么办？做上门女婿呗！"

火车飞驰，看着车上睡得正酣的小哥，我之前的所有忧愁和焦虑全都烟消云散了，我一向是个害怕承诺未来害怕说以后的人，在这一刻，我却生出前所未有的坚定：往后的日子，我要跟他在一起。

第十七章

差一点儿，我们就分开了

1

小哥坐着火车跟我回家，南北方的景色差异在过了长江以后逐渐明显起来。我俩依旧是手拉着手，像两个叛逆的青春期少年，终于鼓足勇气逃出家人画好的框框，担心受到谴责，又抑制不住自己决定人生的澎湃，到底是年轻，终是兴奋多于担忧。

这是温顺听话的小哥第一次忤逆家里人的决定，他也不知道跟我走了以后，会有怎样的未来，他唯一想的，只是兑现当初对我的诺言。

我问他："你是什么时候决定要跟我一起回来的？"

"买票那晚。"

"为什么忽然决定跟我回来？"

“之前说过要去你的家乡吃土特产。”

“……”

小哥的话我是不信的，跟他处了四年，深知他不是拍脑袋做事的人，他的这个举动，定是衡量了很久才做出的决定，至于他自己到底煎熬了多长时间，我不知道。

小哥跟我回家的决定，两边家长都不知情，明知会有大浪，但既然已经迈出了第一步，既然选择要在一起，这些都是我们必须承受的压力，初入社会的我们，在自己选择的路上，努力前行。

我带着小哥下火车之前，已经电话跟老妈讲了个大概，从我刚跟小哥谈恋爱的时候，我就跟老妈报告小哥的情况，老妈从刚开始抱着不置可否的态度，到后面看着我俩竟然认认真真、开开心心地谈到了毕业，不知不觉对小哥好感倍增，现在终于见到小哥本人。看着这位长相身高都挑不出毛病小伙子就这么跟着我回来了，她笑得合不拢嘴，一开口就是南方味儿十足的普通话：“你好啊小解……”

老妈热情地说了一堆，小哥半句都没听懂，虽然交流不太顺畅，但靠着笑容和手语，两个人竟然在不用我翻译的情况下，迅速熟络起来。看得出来，老妈对跟我回来的解小哥，那是相当满意。

刚到南方，小哥对所有北方没有的东西都新鲜好奇，刚从火车上下来，他就真实感受到了南北差异。南方的空气潮湿闷热，对于习惯了干燥的北方人来说，这里就是个水分超足的蒸笼。刚来的前两天，小哥每天都有蒸桑拿的感觉，身上就像总干不透似的，小哥不喜欢这种黏黏糊糊的感觉，为了干爽，一天洗三次澡，洗完就吹电风扇，依旧没有什么用。

南方天气热，菜多以清淡为主，主食全是米饭和米线，这让重口味的小哥食欲全无。看着犹如白水煮菜一样的食物，他干脆自己剥了生蒜放在米饭里，一口饭一口蒜，一直以为大蒜就是调味料的南方人惊呆了，原来，大蒜还可以当菜吃！

2

小哥因为水土不服，来了三天就掉了四斤，我有些心疼，跟他说去超市买些拉面、速冻饺子给他开小灶，小哥拿起来看看又放下，说："算了，既然来了就要入乡随俗。"

"可你老吃不饱也不是个办法啊。"

"放心吧，我在学校长的这一身膘可不是虚的，再说天热，我也吃不下。"

晚上小哥饿得睡不着，我赶紧爬起来翻冰箱，竟然看到几大包速冻水饺，估计是老妈也看出了小哥吃不惯南方的饭，去超市买菜时顺便带给小哥的。

饿了几天的小哥看到饺子眼睛都发亮了，就着大蒜，把那两斤装一袋的饺子消灭得一干二净。

我跟小哥说，我们全家都很喜欢你，你要拿这里当自己家，想吃什么就说，别为了入乡随俗折腾自己。

小哥喷着满嘴的大蒜味儿："不行，你都能在北方生活四年，我一定也可以习惯南方的生活方式。"

一个周后，小哥虽然还在吃大蒜，但已经能接受清汤米粉和白水煮青菜了，更神奇的是，他竟然能听懂我妈说的南方话了。

生活的不适应是其次，小哥最大的难题来自家里，他擅自跟我回家，不去准备雅思考试，违背了家里让他出国的意愿，解爸解妈非常生气，一天十个电话催他回家，小哥每次接电话时都左右为难。

我知道他很纠结，我比他更纠结，他是奔着我来的，我比他更渴望能早些干出成绩，好让小哥的父母放心，让他们知道，我们虽然没有走他们铺好的路，但一样可以靠自己闯出新路来。

然而事实是，我家所在的城市是旅游城市，学了四年的专业，在这里竟然找不到一个合适的、对口的工作。我着急上火嘴角起泡，小哥也比我好不了多少，刚开始的踌躇满志已经被屡战屡败的求职折磨得零零碎碎，再加上家里无时无刻挑动神经的电话，大半个月，小哥竟然掉了十斤肉。

一边是家里的压力，一边是工作的压力，小哥和我，过了短暂的叛逆期后，只剩下无边的压力。

每天我和小哥必做的事就是整理精心编写的简历，上面细数列举了读书期间自己曾拿过的奖项和证书，就这样的寥寥数笔，基本概括了我们这些年的浅显轨迹。

看着收拾妥当的一沓沓薄纸，解小哥一阵感叹："没想到老子二十几年的青春，竟然还写不满这张薄纸。更重要的是，这些破纸费掉了我兜里一半的财产。"

看我愁眉苦脸，小哥用力握了握我的手："没事，有我呢。"

有你当然好，但前路茫茫，你还能坚持多久？

3

我开始失眠，此时此刻，我多希望我俩能马上找到一份能够养活自己又不失体面的工作，这样我们就能骄傲地跟小哥的家里人说，瞧，我们捍卫了爱情，找到了工作，养活了自己。

但实际上，我们的每一天不是在投简历就是在打印简历的路上，偶尔接到的面试电话也是一些我们根本没有兴趣的工作。于是，在小哥跟我回来的第二十天，我开始问自己，为了爱情放弃出国的小哥，是不是做错了。

就在我准备劝他回家的时候，家里的亲戚打来电话，说让我们去她那边试试。

亲戚所在的城市跟我家是邻省，又是工业大省，为了能在一起，我们带着微小的希望，告别家里，又重新踏上征程。

路上我是犹豫的，怕无功而返再次失望，小哥倒是坦然："来都来了，大不了就当去旅行呗。"

在亲戚家刚落脚，好运就来了，来之前在网上投的简历竟然有了回应，是一家号称国内五百强的企业。我们上网了解信息，发现对方还真是一家不错的大企业，我和小哥兴奋之余，都有种否极泰来的庆幸感。

对方要求我和小哥去公司面试，并再三交代，到了那边的汽车总站，一定给他们发短信，公司会派车来接我们。

公司离亲戚家要五个小时的车程，为了赶在上午下班前到达，我们早晨五点半就坐上了开往那里的最早一班城际大巴。我俩如出征的战士一般，斗志昂扬地朝着第一家向我们伸出橄榄枝的公司出发。

十点钟我们就到了总站，看看时间还早，我和小哥决定不打对方给我们留的电话，直接坐公交车过去，这样可以先看看公司周围的情况，提前让自己心里有个准备。

也正是这个想法，为我们免去了一次灾难。

公交车带着我和小哥到了一个工业区，我们终于找到这家号称国内五百强的企业。

外表看上去，跟一般的制造工厂没有太大区别，厂子规模不算小，了解情况后，我和小哥看时间合适，便给之前跟我们联系的人发短信，告诉他我们已经到了，请他们来大门口接我们。

一直等了十多分钟，也不见回复，我又发了一条，对方这才回应道：你们不听指挥，擅自做主，到总站不叫我们去接。你们没组织没纪律，已经失去了面试资格，回去吧！

我和小哥看着短信都愣了，这是什么意思？不面试了？这就出局了？我们自己坐公交车过来还省得你们出力了，这样也有错？

原本高涨的情绪顿时跌倒谷底，对方已经不再回复，我和小哥在这人生地不熟的厂区外走了一圈，只能又坐上了回程的公交车。

我一路上垂头丧气，小哥却紧紧地拉着我的手，警惕地看着四周和上下车的人，直到我们在总站坐上了回来的城际大巴，他才长长地松了口气。

4

我依靠着小哥的肩膀小声问他："是不是觉得很失望？"

小哥扯扯嘴角，拉着我的手说："没有，我觉得很庆幸。"

我当他说的是安慰话，也没心情再问下去。

在亲戚家住了几天，一天中午吃饭时看新闻，听到在D市汽车总站有不法分子利用招聘为幌子，骗取求职人员上车实施抢劫，多名求职者受害……

我顿时吓出一身冷汗，D市总站就是我和小哥之前去的地方，他们的手法和我们遇到的如出一辙，如果当时我们没有自己坐车而是叫他们来接，后果不堪设想。

工作依旧没有着落，又差点儿遇到骗子抢劫，我心情非常低落，晚上跟小哥出来散步，他拉着我的手安慰道："不用担心，只要我们都平平安安、健健康康的，面包会有的，工作也会有的。"

道理我都懂，但现实的残酷依旧让我着急，我再次陷入了失眠状态。

好在机会没有辜负我们，几天之后，我们就赶上了一场当地企业针对应届毕业生的招聘会。

我们匆匆打印了简历就去了，因为路不熟，等我们到的时候，大部分企业已经招满人撤展了，就在我准备再次失望而归时，小哥指着已经没人的二楼说：“上去看看吧。”

其实这些天，我已经做好了劝小哥回家的准备，心想看了也白看，根本不用上去，但小哥很坚决，硬拉着我上去：“来都来了，不到最后一刻，不要放弃。”

我知道他的意思，看他到了这时候依旧坚定，我竟然有了等他回国的信心。

我们上了二楼，果不其然，空空荡荡，小哥拉着我，走在长长的楼道上。这场招聘会是在一所中学教学楼里举办的，我们并肩走着，仿佛又回到了大学的美好时光，可惜，彩云易散琉璃脆，大好时光已经一去不复返。

我无比沮丧和失望地任由小哥拉着，小哥表情坚定，带着我穿过走廊，转过拐角，脚步声在走廊里回响，冷清孤单。

机会，往往就是再坚持一下。

在长长的走廊拐角后面，一家全国有名的制造企业，像是特地等待我们一样，竟然还驻守在空无一人的转角。我们专业对口，竟然双双都被录取了，虽然上班的地点在偏僻的工业区，虽然条件会比较艰苦，但是，我们终于可以在同一个公司一起上下班，终于可以不用再面对离别，这个，就已经足够了。

聚积在头顶的乌云忽然就散开了，好事来得太突然，直到出了招聘会，我还不敢相信，我们紧紧拉着手，一路上都在不停地傻笑，我心存感恩，还好小哥没放弃，还好我们坚持到底。

就差一点点，我们就分开了。

第十八章

上班抽空谈恋爱

1

看多了电视剧里的白领职业剧，以为上班就是每天穿着一身名牌，坐在高大气派的办公室里，夏天吹空调冬天有暖气，渴了到茶水间喝咖啡，饿了到休闲室吃个三明治，真正进了职场，才知道电视剧都是骗人的。

我和小哥兴高采烈地到公司报到，却被眼前的厂区惊呆了，这哪里有一点儿宣传册规划蓝图里大企业的样子？说它是个黑作坊都有人信！

人事部招聘我们进来的同事很热情地给我们答疑解惑：“别紧张，这是老厂区，也叫二车间，我们还有个一车间在不远处。虽然现在的厂区老，但你们赶上了好时候，因为用不了多久，我们就要搬到新厂区了，这些老厂区以后都是活动中心，你们不知道那新厂区有多壮观，各种设备都是最新的，条件特别好，反正一句话，条件不错待遇好，你们就安心地在这里工作吧。”

我和小哥满腹疑惑：“那新厂区什么时候搬啊？”

“快了，前两天已经打好地基了。”

“什么？”

“放心吧，顶多半年。”

一听这时间我们更不放心了，半年建这么大的工程，这质量能让人放心吗？

虽然忧心忡忡，但这个工厂毕竟是我和小哥在一起的救命草，而且我们还分配到了同一个部门，就算现在的硬件设施看起来不尽如人意，那也要先留下看看具体什么情况，不然小哥就得回家了。

厂区里有一栋长长的三层小楼，同事介绍说是办公室，三层楼上分布着各个部门，每个部门都挂着牌子，里面又深又暗，就算是白天，要是不开灯，里面根本看不见，最惨的还是一楼的最后一间，隔壁就连着公共厕所和噪音震天的车间。

我和小哥都属于产品研发部，在我俩的意识里，技术是一个企业的根本，重中之重的地位肯定是别的部门不能比的，销售部在二楼，那技术部怎么也要比它好一点儿，在三楼吧？

在人事部同事的帮助下，我们速度极快地办好了入职手续，前台妹妹头也不抬地告诉我们："一楼最后一间。"

我和小哥对看一眼又迅速看她："美女，你是不是弄错了？我们去产品研发部！"

"没错啊，那就是。"

我俩瞬间就明白，技术人员在这个公司是没有前途的。

那位热心同事又开始解释："技术部离车间近是为了技术人员跑车间技改方便，技术人员嘛，跟车间的联系当然是最紧密的，这也是为了照顾技术部门的同事才这样安排的。"

照顾？放厕所旁边闻臭味儿，听车间里的车床噪音也算照顾？

办公室虽然很糟心，但外面烈日当头，里面至少还有空调降降温，而刚入职的我们连进入这糟心办公室的资格都没有。这里要求新员工必须先在几个车间的各个工序里实习一遍，了解所有的机器如何运作之后，才能正式成为办公室职员，尤其是技术部，更严格。

办好手续，同事带我们去宿舍，厂里的宿舍分几个级别：条件最好的是办公室管理层宿舍，其次是车间管理层宿舍，然后是工人宿舍。按学历和职位，我们住的是办公室管理宿舍，两室一厅一卫一厨，带空调热水器，一套房住四个人，男女分开。

但办公室管理层宿舍只剩一个单身床位了，小哥说幸好是女生床位。把我安排好，小哥退而求其次，去住车间管理层宿舍。

人事部同事一脸抱歉地说，一有位置立马让小哥搬回来。我们虽然郁闷，也只能先这样了。

2

办公室管理层的宿舍在厂区之外，位于大道边一个较为繁华的位置，楼下有饭店，附近还有小学和医院，还算便利。但车间管理层的宿舍就不是这样了，小哥跟着同事穿过一段泥路，路过几个大仓库，才到了另一个车间，车间管理层的宿舍就在车间的旁边。

厂房车间里三班倒，全是昼夜不停的机器轰鸣声，还好宿舍有空调，不然这大夏天的又不能关门堵窗，还怎么活？

小哥在暂时落脚的两层高的宿舍走廊上往外一看，全是附近楼盘开发的建筑垃圾和生活垃圾，垃圾上面还时不时地跑动着一些个头不小、带尾巴的黑色动物，小哥原本以为是野猫，谁知定睛一看，竟然是跟猫一样大的老鼠！

从小在北方长大的小哥第一次看到这么大的老鼠，很是惊奇，总算明白为什么这边的人会吃老鼠，因为猫根本解决不了它，只能靠人了。

上班第一天，我们的实习从车间开始。

一大早我和小哥拿好纸笔赶到厂区，同时来实习的还有几个销售部的新同事，大家相互了解情况，知道我和小哥是技术部的，纷纷佩服道：看得懂公式的人太厉害了！

我和小哥一脸羞涩。

五六个人聊了一会儿，车间主任出来了，扫了我们一眼，指着我和小哥说：“你俩来车间实习不能穿短裤，这里全是尖铁利刃，回去换条长裤再来。”

一听这话我俩都傻了，我们是从亲戚家过来的，想着亲戚家到这里也就两个小时的车程，本打算每个周末都回去，所以把大部分行李都放在那里了，来的时候就轻装上阵，只带了两套换洗的衣物，大热的天，根本就没带长裤啊。

主任说你俩没穿长裤肯定不能进车间，这样吧，我放你们两小时的假，到商场去买吧。

就这样，我和小哥第一天上班的第一件事就是去买裤子，在其他人羡慕的眼神中，我和小哥名正言顺地逛街去了。

厂区在工业区里，附近没有商业街，想要购物，得到离厂区四五站公交车距离的小镇上才有，公交车站在哪儿我们还闹不清，只能边走边问，走了半个多小时，总算到了传说中的小镇上。

八点多钟，镇上的商业街大多都没开门。小哥个头高体块大，只能找到大码外贸店。时间太早店铺没开，我俩又坐在旁边的面包店里吃了顿早餐，外贸店总算从里面拉开了大门。

老板拿出他的宝贝跟我们推荐，小哥看着这些质量和款式都极其糟糕的裤子简直没法下手，总共就两个小时的购物时间，根本没时间再逛别家了，想想反正也是进车间实习才穿，小哥随便拿了条土黄色的裤子。

我的裤子好买，随便挑了条，款式也极具年代感，无所谓了，反正就是工作裤。

我俩匆匆赶回宿舍，各自换了裤子，这才回到车间，刚听主任说完注意事项就到了下班时间，看着鱼贯而出的工人，我和小哥有那么一瞬间的恍惚，一个多月前我们还走在北方大学的树荫下，现在就已经站在了南方城市的一个车间里，人生真是奇妙啊。

南方的夏天，早上六点就阳光刺眼，光线照在身上沉甸甸的，犹如穿上一件厚重的外套。

小哥住的地方就在我们实习的车间旁边，本来他可以晚点儿起床，但他每天都会先来我宿舍楼下等我，然后再跟我一起返回实习车间。

在躺着不动都能一身汗的大热天，小哥一早就已经汗流浃背，我说天太热了，你就别来回倒腾了，小哥说不行，宿舍里蚊子太多，一宿没睡好的他天刚亮就醒了，一直看老鼠也没意思，不如出来接我，还能顺道去吃个早餐。

我们吃早餐的地方就是公司食堂，食堂里的师傅时不时会脑洞大开，推出一些让我们瞠目结舌的“创意菜”。比如猪头汤，一整只猪头放在汤桶里炖的汤；比如整个的西红柿炒整个的鸡蛋，比如鸡脖炒苹果。

3

小哥第一次到食堂打饭没经验，指着那一大盆黄褐色带块状物的分不清到底是什么的菜跟食堂胖老板说：“那个咖喱炖土豆，给我来一份。”

胖老板笑而不语，还多给了小哥一勺。

在车间实习虽然不用亲自操作，但各个工序来回参观，看工人操作，学习机器运转原理也让没干过重活的我们累得够呛，还没到饭点就饿得前胸贴后背，好不容易打好饭菜，小哥狼吞虎咽地吃了一半才发现味道不对，他端着餐盘去问老板：“这咖喱是不是过期了？”

老板操着南方腔说着普通话：“没有啊。”

“不可能，这咖喱肯定有问题，味道都不对！”

“我是说，没有咖喱啊。”

小哥一头汗，看着碗里类似咖喱颜色的黏稠汤汁：“这不是咖喱？是什么？”

“那是南瓜炖猪血啊。”

小哥顿时捂住嘴狂奔出去，扶着食堂外面的栏杆，把胃里那摊黑暗料理吐到前面的小河里喂了罗非鱼。

小哥对炸的食物比较感兴趣，一次看到有个堆得高高的油炸食品的打菜窗口看起来还不错，小哥这次学乖了，打菜之前先上前问明菜的材料，胖老板说是炸鱼，小哥才要了一份。

等吃完饭走出食堂又碰到坐在外面的胖老板，老板问小哥他做的炸鱼味道怎么样，小哥说这种鱼肉他第一次吃，口感比较粗糙。

胖老板伸出胖指头，指了指食堂下面浑浊的小河：“它天天生活在下水道里，能不粗糙嘛？”

小哥看了眼水里正吃着剩菜剩饭的罗非鱼，想到之前自己吐下去的南瓜炖猪血，顿时一阵恶心，从此以后，每次打菜，他不止问原材料，还要问出处。

如果小哥的父母看到他们的宝贝儿子住在车间的宿舍里，每天与蚊子和老鼠做伴，吃着食堂里的黑暗料理，天天还得在机器轰鸣闷热无比的铁皮车间里待上一整天，会不会马上飞过来架着他回家？

我们从不敢跟家里说实话，每次打电话都报喜不报忧，这是我们自己选的路，再苦也要撑下去。我猜小哥长这么大，应该是第一次体验这种艰苦生活，然而他却从未跟我抱怨过。

熟悉环境后，我和小哥再也不想接受黑暗料理的折磨，每天在车间熬到下班，再走上大半个小时的路程，去镇上吃一顿像样的晚餐。

小哥对家乡的面食分外怀念，镇上唯一一家拉面店是小哥每次必吃的东西。每次小哥一进门，前台的老伯就热情地招呼他：“快坐快坐，是不是老样子？”

我小声跟小哥说：“你就不能换换口味？”

“不换。”

“为什么？”

“我又不是滥情的人。”

“……”

被改良过的拉面，虽然味道不正宗，小哥也能一连吃一个月，看着周遭脏乱的环境和逐渐消瘦的小哥，我开始后悔，后悔让小哥跟着我来这里吃苦，后悔让他屈在这个小地方，本来，他应该有个更广阔的舞台。

我问他：“来这里你后悔吗？”

小哥摇摇头：“做了的事，我都不后悔。”

我知道他是个不轻易做决定，做了决定就不会轻易改变的人，虽然我对这里不满意，但从小生活优渥的他都能忍受这样的环境，我还有什么可抱怨的呢？

有了小哥在旁边，再苦再难，似乎也有了坚持下去的动力。

第十九章

你在这里，我哪儿也不去

1

我们刚上班的时候，每周只能休一天。

厂区里没什么可娱乐的设施，小镇上顶多可以逛个超市买点日常用品。初来乍到，除了几件衣服和日常用品，我和小哥都没在宿舍里添置什么。

每天吃完晚饭，小哥和我就抱着公司发的小收音机听广播，这几乎成了天天在车间实习的我们唯一知道外面情况变化的来源。

自从来到这里，我俩仿佛进了一个封闭的孤岛，每天只知道工厂和机器，吃饭和睡觉，多少年都没用过的小小收音机，竟然成了我们休闲娱乐的重要伙伴，这样的生活，让我和小哥犹如回到了八十年代。

我跟小哥抱怨："你说我上大学时就像上山下乡，工作时又像回到了八十年代。"

小哥想了想，说："慢慢都会习惯的。"

虽然我有很多抱怨，但小哥比我更委屈却不说什么，每次都耐心听我吐嘈，再逗我开心。

我们终于习惯了工厂的作息时间，时间也就不像一开始那样难熬了，每天去车间实习，下班去镇上吃晚饭，回来听收音机，一天又一天。

刚拿到第一个月的工资，小哥就一脸豪气地说要给我添点电器。

我看着除了空调热水器外，什么都没有的屋里，问他："从什么东西开始添？"

"你不是想看电视剧吗？那就给你弄个能看影像的吧。你不是说没娱乐吗？再给你弄个可以玩游戏的。然后咱还需要个可以存储东西当移动硬盘的，然后……"

我提醒他："咱就一个月的工资。"

他拍拍胸脯："足够了，还有剩余。"

我将信将疑，小哥笑嘻嘻地凑过来："买吗？"

"买啊！还用问！"我知道小哥不可能伸手问家里要，我就是想看看他到底怎么用仅有的一个月工资，置办到他说的所有电器。

两天后，小哥花了两千块钱，买了台PSP。

他喜笑颜开地跟我介绍功能：“这个是游戏机，同时还能看电影，听音乐，当储存硬盘……”

自从有了这个新电器后，我俩总算有了点儿现代人的娱乐项目，而我每次拿着PSP的时候，小哥总要嘱咐一句：“小心别摔了，这可是咱俩唯一的电器。”

2

第二个月转眼就过了，我和小哥顺利通过考试，正式进了糟心但至少还有空调的办公室。小哥跟家里打电话报喜，小哥家里本以为他待不了多久，现在看他铁了心要留下来，鞭长莫及也毫无办法，只能叹一声儿大不由娘。

我问小哥：“你爸妈是不是挺怨我的？”

小哥看看我：“怨你干吗？路是我选的。”

“那你不是冲着我才来的嘛，我就怕他们对我有看法……”

他摇摇头：“不会的，我父母都是明白事理的人，你看我就知道了。”

“……”

我和小哥上学的时候在同一间教室坐同桌，现在上班了又是同一间办公室里的前后桌，这让我有种上班只是上学的延续的错觉，除了周围环境从北方变成了南方，其他基本没什么变化。

技术部算是公司里的大部门，几十位技术人员挤在一个大平层里，不开排气扇感觉都要窒息，但是，单是有空调这点，就比闷热的车间好太多了。有了对比，我和小哥对这样的环境竟然也觉得满意了，高高兴兴地坐在属于自己的办公桌前，看着当时还是大屁股的电脑显示屏，终于有了真真正正上班族的感觉。

然而第一天进办公室上班，我和小哥就收到了特殊的欢迎礼。

我俩盯着桌子上和电脑旁那三四颗一堆，好几堆黑黏的“黑枸杞”发呆，同事塞过来一张抹布：“老鼠屎而已，擦掉就好了。”

老鼠屎？！

小哥顿时想到宿舍外面垃圾山上的老鼠，估计他没想到，自己也成了铲屎官，而且铲的还是老鼠屎。

带着巨大的心理阴影，我们把桌子和电脑都反复擦了几遍，天真的我们以为，这只是运气不好偶尔中招。没想到，第二天，第三天，第四天……从此以后，我俩被迫成了尽职尽责的铲屎官。

刚开始，我和小哥的内心是崩溃的，但后来发现，我们并不是独自在战斗，铲屎就是办公室的全民运动，大家在铲屎中谈笑风生，在铲屎中增加感情，还有——在铲屎中吃各种早餐……

于是，我们便从无法直视慢慢修炼成了无视，从一开始的小心翼翼拿着厚厚的卫生纸，里三层外三层地搬运桌子上的黑屎黄尿，再拿着抹布里外仔仔细细地擦拭，变成顺手拿张抹布一抹再冲冲就完事。

很快，以为被迫铲屎已经很悲催的我们再一次发现，铲屎官什么的其实都弱爆了，因为，我们分分钟都会升级为铲尸官。

谁能想象，一大早来到办公室，看到一只光是尾巴就跟键盘一样长的黑色大老鼠摔死在办公桌上，那幅惨烈的画面我们不忍直视。

然而，看惯大风大浪的老技工只是淡淡地把它扫进垃圾桶里，然后，坐下来继续画图……画图……

我和小哥又一次惊呆了。

3

办公室的老鼠并不总是第二天才给大家“礼物”，大多数情况是：看心情。

技术部办公室的天花板是一块块的老旧方格板排列起来的，

时间一久就松动了，我们在下面工作，老鼠们在上面玩耍。老鼠体重沉，在天花板中间的隔层里追逐打闹，我们的头顶犹如一大群马在来回狂奔，办公室里时不时跟打雷一样，“轰隆隆”地响个不停。

所谓乐极生悲，老鼠们嗨过头了，行偏踏错，一脚踩在已经摇晃的隔板上，老木板承受不住大硕鼠，于是“啪嗒”一声掉下来，砸在办公桌上、电脑上，或者地上、空调上，甚至通过……哪个倒霉的人身上，再摔到地上。

天花板的层高不矮，失足的胖老鼠十有八九都会摔死，让我们惶惶终日。

炎炎夏日，如果没有了空调，办公室简直没法待人，每天第一个进办公室的同事总会捂着鼻子冲进来先把大空调、排气扇和灯打开，然后再出门等上五六分钟，等空气循环得差不多了，才返回来铲屎。

有一天，我和小哥刚踏进办公室，就闻到一股很不对劲儿的味道，一股……腐烂的味道。

我们闻了一上午，头晕脑涨，问旁边的同事，同事轻描淡写回了一句：“死老鼠的味道呗。”

什么？！

我和小哥又一次提高了觉悟：原来最可怕的不是看到老鼠尸体，而是看不到它的尸体又要闻着它的腐烂味儿！

封闭的空间里全是死老鼠的味道，大家一起搜尸，每人都仔细检查了各自的办公区域，压根儿没发现东西，这味道非常浓烈，就跟近在眼前一样，我们翻遍了每一处垃圾篓也一无所获，最后一位资历最老的同事指了指立式空调下面的压缩机柜。

果不其然，鼠尸在那里找到了，尸体的细菌和味道，通过空调的传送，到达我们每人的鼻腔，犹如近在咫尺。于是，我和小哥吃不下饭了。

我第一次看到小哥脸上这么痛苦的表情，我们拉着手，在镇上走了一圈又空着肚子走回来。

晚上收到加班通知，要赶一个新产品的图纸，正好是小哥负责的产品，我俩晚上九点多又回到了办公室，加班的同事不在少数，车间里灯火通明，看着空调我们心有余悸，别人没什么反应，我们也只能坐下来开始加班。

我陪着小哥加班到深夜十二点，办公室里竟然还有十来个同事没走，我俩关了电脑摇摇晃晃地出来，肚子饿得咕咕叫。好在宿舍楼下有家深夜营业的快餐店，我俩吃了晚饭，把送我上去，小哥才返回自己的宿舍。

从我宿舍楼走到他暂住的车间宿舍，中间要经过一条泥路和几间仓库，小哥走在连路灯都没有的路上，只能靠脚感来判断哪块位置能踩哪块不能踩。

路过仓库的时候，小哥忽然感觉有些不对劲儿，在黑夜里有几个悬空发亮的东西，如几颗反光玻璃球一般。他浑身一震，在夜里仔细观瞧，好在一路走来眼睛已经适应了这种暗度，让他隐约能辨别出来前面物体的轮廓——离他三四米的地方，竟然站着两只半人高的大狼狗。

想转身离开已经来不及了，估计那两只狗平时在仓库里看门的，晚上才放到门口防贼，小哥手无寸铁，在仓库和垃圾堆旁独自面对两只大狼狗。好在小哥平时喜欢动物，对它们的习性也多少有些了解，他没跑也不慌，按着刚才的速度，继续朝前走去，路过那两只狗的旁边时，他甚至能感觉到凑过来闻他的狗鼻子上的冰凉。

小哥走了过去，狗没有扑上来，第二天小哥跟我说起这事时，我吓得早餐差点儿掉地上，如果小哥被咬了，如果他出了什么事，如果……我不敢继续想，我们来这里是为了有一份养活自己的工作，然后能在一起，但如果这份工作连安全都没法保证的话，那我们还有必要再干下去吗？

我被这件事刺激到了，无法再安心工作，开始考虑辞职的事情，虽然我们熬过了心力交瘁找工作，熬过了艰苦的实习期，现在刚转正加薪进了办公室，但这些跟小哥的安全相比，什么都不算。

小哥看着情绪激动的我，小声劝道：“其实也没你想得那么严重，既然我们都熬了这么久了，要不……我们再忍忍，如果搬新厂后还是这个的环境，我们马上走人。”

我有些不可思议地看着依旧想留下的小哥，既难过又愧疚：“要不，你回家吧。”

小哥咧嘴一笑：“你在这里，我哪儿也不去。”

第二十章

熬过去的苦日子都是回忆里的好时光

1

这个城市的夏天似乎极其漫长，居高不下的气温使空调成了活命的必需品，我和小哥天天过着冰火两重天的日子。

室外是四十度的暴晒，室内是二十度的冷气，一进一出就相差一个季度。

外面太阳毒辣，每天从办公室走到食堂的这段没有树荫的小道上，小哥高大的身形后面总会出现一条长长的阴影，于是，这凭空出现的阴凉地后面，总会挤着几个乘凉的文员小妹。

小哥怕我吃醋，一本正经地跟我说：“以后你走在我正后面吧。”

我问他为什么，他认真地说：“我这身肉好不容易挡出点儿阴凉来，当然要给自己老婆留着。”

我逗他：“那你先把文员妹子们赶走啊。”

小哥挠挠头：“我一大男人，这话……不好说，一下班你就麻利点儿站我后面，没了阴凉她们就不会跟着了。”

我白他一眼：“有什么不好说的，你把她们赶走了，我就站到你后面，就这么定了。”

第二天去食堂的路上，小文员又围到小哥身后蹭阴凉，我故意朝小哥使眼色，小哥点点头，深吸了口气，转过头来对身后那群小文员说：“各位都留神儿啊，我要放屁了。”

大家瞬间愣住了，全都捂着鼻子闪开了。

小哥得意地看我一眼，示意让我站到他身后，我在大家怪异又佩服的眼神中，只能说话算话地跟小哥身后，几个小文员窃窃私语：“看来是真爱啊，连屁都不嫌弃。”

室内外的温差不只体现在屋里屋外，还体现在一切有空调的地方，比如公交车上。小哥经常陪我坐公交车回亲戚家，时间一长，他就开始闹肚子。

一开始我俩没经验，一下班就穿着短衣短袖，满头大汗地坐上公交车，车外将近四十度，车内的冷气开到十七度，全身的汗被冷气瞬间吹走，刚开始还感觉挺爽，过了二十分钟就开始浑身不舒服，等快下车时我们要冻傻了。

小哥因为小时候吃饭不注意，肠胃比较弱，一受凉就容易闹肚子，每次在空调车里待过以后，在城巴站转车时，他都要去巴士站的厕所。

坐多了就有了经验，担心在车上拉肚子，再坐车时我们都会多带一件长袖，就算这样，依然挡不住车内的冷空气。

一次，我们从亲戚家坐车回公司，才刚上车不久，小哥就开始直冒冷汗，我吓一跳，问他怎么回事，小哥艰难地调了调呼吸，小声道："冷气太足，我……可能要拉肚子了。"

"……"

好在车子刚好停靠到站点，小哥二话不说拉着我捂着肚子在陌生的站点下了车，这里是居民区，两旁除了民宅还是民宅，根本找不到可以方便的地方。

此时已经晚上九点，路上行人稀少，从十七度的空调车回到四十度的常温下，一冷一热，小哥捂着肚子走走停停，下了个坡，在灯光稍微暗下来的地方，弯下腰指了指墙根："我……不行了。"

月色昏暗树影婆娑，我一咬牙："就地解决吧，包里还有几百块，如被抓住，大不了就拿出来买你的'软黄金'。"

小哥扶墙站着，犹豫了几秒，二十来年的道德约束还是让他做不出当街大小便的举动，于是憋着气拉着我又继续寻找公厕。

2

我往光亮处跑寻，小哥着急又不敢迈大步，只能一路上夹着屁股皱着脸跟在后面慢慢挪，就在理智要被大便逼疯时，老天保佑，前面出现了一家还在营业的饭店。

我激动地拉着小哥一步一挪地朝前走，边走边给他打气：“再憋一会儿，再忍一下，千万别前功尽弃。”

小哥汗都下来了，咬紧牙关，气都不敢大喘，像个竞走运动员，动作怪异地朝着饭店奔去。

门口的迎宾小姐以为生意来了，热情地把我俩迎进来，她并不知道，去饭店的人，并不都是为了吃饭，也有像小哥这样，是来借厕所的。

我淡定地跟前台说朋友已经定了包间，让她们先领小哥去厕所。

于是，在专人的带领下，小哥踩着小碎步，终于奔向了心心念念的圣地。

小哥一时半会儿出不来，迎宾小姐们都在盯着我，我进不了包间，只能装作去点菜的样子，在他们的菜单里左看右瞧。

小哥出来，我俩就溜了。刚出饭店我就饿了，摸了摸肚子问小哥："你说一会儿我们吃烧鸡饭还是猪排饭？"

"……"

我俩出了饭店就赶上了公交车，一路绿灯，前脚刚到宿舍，后脚就下起雨来。

这边的雨通常伴有雷，我怕打雷，每当电闪雷鸣，定要把所有的电器插头全都拔下来，再把所有的窗门都关上，就算再闷热都要忍着。这时小哥会在一旁边摇扇子边讲："亏心事做多了吧？所以说让你平时对我好一点儿嘛……"

3

上班久坐，空调直吹，小哥和我的腰、腿部关节开始出现酸痛，小哥忍不下去了，说："这样下去就废了，咱得运动。"

厂里有篮球架子，小哥每次过去打球，两个队的人都会争抢着拽住他说："这中锋是我们队的！"

小哥根本不想打中锋，他喜欢更具有技术含量的前锋或者以速度见长的得分后卫。但作为在南方混的北方小哥，他的体块和速度决定了他能且只能是中锋。工厂里的工人喜欢用蛮力打球，几次下来，小哥身上的抓痕比比皆是，我很心疼，让他不要再去打球了，再这样下去，等他把腰腿练好，其他部位也就全废了。

小哥还想着锻炼，我拉他去了一家专卖体育器材的店里，让他自己挑个球，以后就自己玩，何必跟一群人去抢一个球呢？

小哥挑了个五颜六色的彩球，一路上爱不释手，又是顶在指头上转，又是两腿胯下来回倒腾，美曰其名：街头花式篮球。

有了彩球，从此小哥一下班就拿着球自娱自乐，远远一看，就像熊猫玩耍。

部门同事组织去踏青烧烤，每天在办公室里待着的我们终于有了放风的机会，很是开心。南方的雨水充沛植被茂密，很多在北方没有的肉类、蔬菜和水果在这边都能吃到，用小哥的话来说，也算是他在这南方众多水土不服中的唯一安慰和弥补。

我们一车技术工人从办公室回到大自然，个个变身“野生动物”。生火的生火，搭架的搭架，我和小哥负责把同事腌制好的鸡翅串到烧烤用的竹签上。小哥边串边哼着小曲，我不小心被汤汁溅到脸上，起身去拿纸巾，擦完脸转过头来，就听小哥“嗷”的一声，一脸痛苦地扶着腰斜躺到了石凳上。

我吓了一跳：老娘就转个身的时间，你就自己把自己放倒了？

看他疼得不像装的样子，我赶紧冲过去看。

小哥指指自己的腰，脸上皱出一脸褶子：“我的腰……扭到了。”

我大惊：“怎么扭的？”

“串鸡翅时……被扭到。”

“……”

整个烧烤野炊，别人都忙得不亦乐乎，玩得痛痛快快，整个部门最高最壮的解小哥因为串鸡翅时扭到腰，只能全程躺在石凳上，看看白云，吃我烤好后送到他嘴边的鸡翅膀，一脸忧伤。

小哥在宿舍躺了三天，医院的结论是肌肉太紧张导致的扭伤，原因是长期不运动加上空调房久坐。小哥没想到自己年纪轻轻就患了腰肌劳损，伤心地趴在床上躺了几天，等再上班，几个关系较好的男同事围过来打趣他：“腰肌劳损可得好好养着，可别等以后想用的时候，不好用了。”

小哥瞥他们一眼淡淡地说道：“瘦死的骆驼比马大。”

同事哭笑不得。

我们在老厂区熬了大半年后，新厂区终于落成，我们也总算搬进了有中央空调和休息茶水间的正常白领办公室，虽然上班的地点比原来远了一些，但至少没了天天进车间上班的感觉，更让我们高兴的是，小哥总算搬回了管理层宿舍，跟我同一栋楼，总算结束了晚上走泥路的悲催生活。

第二十一章

青春小鸟不回来

1

转眼就到了年关，这个公司最好的地方，就是过年能放二十天假。

这次春节放假，是小哥工作后第一次回家，自从他擅自跟我来了南方，家里人就没见过他，现在，这个被女朋友“拐走”的儿子终于回家了，亲戚们都围过来，看看这个不听家里安排，非要自己到南方去闯的解小哥到底混得怎么样了。

小哥家里除了爷爷奶奶爸爸妈妈，还有大姑小姑大姨小姨，表哥表姐，堂弟堂妹，十足的大家族。或许看到小哥意志坚定以及目前在公司的处境也不错，亲戚们终于不再提让他出国的事，而是纷纷鼓励他，条条大路通罗马，只要肯努力，在哪儿都能开出花。

得到了家里的支持，小哥晚上跟我打电话时，隔着几千公里，我都能感觉到他脸上的笑意和满满的开心。无论如何，小哥家里的态度，让我心中的石头总算落了地。

吃了十多天的家乡菜，在公司开工之前，小哥背着一袋子特产，又返回了南方。

我比小哥早半天到公司，小哥一到宿舍就拉着行李箱直奔我的房间，跟大学时一样，他偌大的行李箱里，全是给我带的好吃的。

小哥把大包小包一一摆到桌子上："这是我妈给你捎的，这是我爸给你捎的，这是我姑给你的，这是谁谁谁给你的……"

我看着各种海鲜特产，小声问他："伯父伯母……没说我什么吗？"

"没说。"

"真的？"

"真的！"

"他们对你来南方的事已经没意见了？"

"以前有，现在估计也想通了，不然也不会给你捎这么多东西。"

我心里一阵感动，说："怎么办，你回家的时候我也没给他们买什么东西。"

小哥边拿东西边跟我说：“不要紧的，你可以补救。”

我急忙探过脑袋问他：“怎么补？”

他指指自己：“对他们的儿子好点。”

“……”

玩笑归玩笑，得到双方家长的支持和理解，我和小哥总算都松了一口气，我们之间的关系，终于从我们两个人，开始延伸到两个家庭。

二月底的南方已经入夏，小哥直接从冬天跳进了夏天，脱下厚实的大衣，单薄的夏装再也遮不住日渐肥大的肚腩。

小哥没想到自己身上的肉竟然如此顽强，在生活条件这么差，生活质量这么低的公司环境里，还能实现逆生长，不得不说，这是个奇迹啊。

长肉的唯一好处就是，小哥跟家里人视频时，可以安慰大家他在这里过得不错。

小哥很郁闷，他很怀念大学时曾经一百四十斤的玉树临风。

靠节食是减不下去了，小哥只能寄希望于运动。

2

我们住的宿舍楼后面，有家私人大院，是一个本地小老板全家休闲的地方，我们进进出出的，也经常跟他们打招呼。不知是不是小哥经常在宿舍楼前独自打篮球被他看到，今天刚和小哥下班回来，就看到小老板运回了一个崭新的篮球架，放在大院里。

看到我们，小老板热情地招呼小哥："帅哥你好，你以后不用在外面拍球啦，进来和我的崽子一起打吧。"

小哥很高兴，迅速上楼换了套运动装，拿着球就冲了下来，小老板的儿子刚上小学三年级，虎头虎脑，挺有意思。小孩子不会打球，对能玩街球花样的小哥很是崇拜，缠着小哥学秀篮球。

小哥说："你没有基础，应该先从最基本的运球开始。"

小孩不愿意，看了看走远的老爹，意味深长地跟小哥说："那种基本动作是吸引不到女生的。"

小哥被早熟的小孩吓到了。

一连几天，这个早熟的小孩都在门口等着小哥一起打球。有了新场地，小哥一下班就去宿舍拿球，打得大汗淋漓才回来，天气热影响食欲，小哥对恢复模特体型充满了信心。

小孩被球砸了无数次裤裆后，终于放弃了胯下运球，站在场边羡慕地看着满场飞的小哥。趁小哥喝水时，小孩一脸崇拜地迎上来："小哥，我想问你件事。"

小哥以为小孩要问他篮球技术方面的事，很是潇洒地抹了一擦汗："你说。"

"我要吃什么，才能长出你这样的身材？"

小哥怔了怔。

看了看不远处不到一米七的小老板和不到一米六的老板娘，小哥问小孩：“你为什么想长我这样的身材？”

小孩又压低声音，一脸老成地说：“在我们这里，你这种身材才能吸引女生啊，如果我长成你这样，就算不会打篮球，一样有很多女生喜欢我。”

“……”

小孩缠着小哥，让他透露长高长壮的秘密，小哥冥思苦想，想起小时候自己吃的鹌鹑蛋、牛奶和粗粮，再看小孩渴望的眼神，小哥决定把“祖传秘方”传授给他。

为了泡妞，三年级的小屁孩把小哥的体型当成自己的未来模板，严格按照小哥小时候的饮食标准，把每天吃的鸡蛋改成鹌鹑蛋，把开水改成牛奶，把精米改成粗粮。

我跟小哥说：“要不，你也去买点儿牛奶给我喝吧，我觉得我还能长长。”

小哥幽幽地看我一眼，说：“如果喝点儿牛奶就能长高，这世上还有矮子吗？”

我嘴角抽动两下：“那……那意思是，你是骗小孩的？”

小哥一脸无奈：“没办法，真相比谎言残酷，难道我要告诉他，霍比特人的基因吃什么都白搭？”

“……”

因小哥的话，小屁孩天天跟牛奶死磕，小老板乐得眼睛眯成一条缝，偷偷跟小哥说："以前不管我怎么逼，他都不喝奶，现在听你的几句话，他就奶不离手，真是太感谢你了。"

3

这件事让小哥触动颇大，他似乎又重新认识并喜欢上了自己现在的体型，从每天下去打球变成隔天下去打球，最后成了一周下去打一次球。

我问他："那个号称要变回一百四十斤的有为青年解小哥哪里去了？"

小哥搓了搓玩得发烫的PSP："不知道啊，可能下去打球了吧。"

都说优秀是一种习惯，小哥跟我一起进的公司，在一群新入职的人员中，他很快就因为出众的能力成了我们这批新人中提拔最快的，不久后，我成了他的直接下属。

我们负责新产品的设计，这个工作经常有去各个城市看展会的机会，作为上司的小哥和我也就经常一起出差，有次我们途经上海，顺道去探望我们那位在上海扎根的白师姐。

白师姐是个传奇人物，从进大学的第一天，就雷打不动地按照自己的时间作息表行走，像个精准的瑞士手表，什么时候干什么事情，都计划得清清楚楚并能彻底执行，这种可怕的自律让她一直毫无悬念地稳坐学霸的位置。但这还不是她最神奇的地方，白师姐文文静静说话脸红，每天除了上课就是上自习，就在我以为她要成为一个孤独的高冷学霸时，她竟然成了篮球队长的女朋友。

神人一般的白师姐跟着男友回了上海，稳定工作，结婚生子。毕业后就再也没见过面的我们，趁着这次出差的机会，决定好好聚一聚。

久别重逢，四个人又像回到了大学时光。在这繁华的大都市，每个人都忙忙碌碌的，回想起当年的青葱岁月，感慨颇多。

从师姐家出来已经是晚上十点，街上依旧灯火通明人声鼎沸，我问小哥："身处这样的都市，有没有觉得，我们一直窝在那个孤岛一样的小镇是一种蹉跎？"

小哥顿了顿，摇摇头："为未来打拼的人，在哪里都是一样的。"

我又问他："你难道不想去更好的城市换更好的公司？"

小哥看我一眼："想过，但一想到换公司后，我们可能就要分开两地，我就不想走了。"

这个城市里，晚间的地铁依旧拥挤，旧友相聚让我又想起大学的生活，我坐在小哥身边，从未像现在这么认真地思考自己以后的职业道路。

小哥在公司得到认可和器重，双方家长也总算认可了我们的工作，但现在的我，却发现自己越来越不喜欢这份工作，我越发清晰地认识到，这不是我想要为之努力的事业方向。然而因为这是我们经历了这么多事情才稳定下来的现状，我不想继续却又舍不得改变它，只能且走且看，心中迷茫又不安，在流逝的一天又一天里不断地麻木自己：一切都会好起来的。

第二十二章

没有你陪着，时间很寂寞

1

时间在纠结和犹豫中又溜走了半年，公司每两年都有一次免费的乙肝疫苗注射，硬性规定所有员工都要扎针，我这人很怕打针，最受不了前面还有三四位就轮到我挨扎针的那种如待宰羔羊又无力反抗的宿命感，我就想转身逃走。

事实上我的确逃过两次，一次是在大学统一打针的时候，注射什么疫苗；一次是在医院里打退烧针。因为这些黑历史，小哥时刻站在我后面，两手紧紧地抓着我，防止我逃跑。每当这时候，我总觉得这货不是我的男友，他是对方的走狗，我方的叛徒。

这里的夏天是感冒高发期，在巨冷和巨热的室内外温差下，小哥的关节发疼，而我开始感冒发烧。

虽然每天都在吃药，但依旧身处空调房里，感冒日渐加重，低烧时断时续，小哥不再听我吃药自然好的理论，硬是把我拽去了医院。

我不去医院，就是怕挨针，但是小哥态度强硬，理由也很充分：“你要是烧傻了这不是坑我吗？”

大热的天，我只能套了两件长袖，晕头晕脑地跟着小哥去医院。医院离宿舍不远，刚建成投入使用，人气还不是太旺，加上这不要钱的冷气，分分钟冻死人的节奏，怪不得很多原本感冒的病人一到医院就发烧。

护士都在聊闲天，好不容易盼来我一个病号，一个个眼睛都绿了，围过来给我又是量体温又是看扁桃体，然后医生手一挥：“发烧了，打针吧！”

我可怜巴巴地哀求：“医生，能不能吃药？”

“可以啊，如果你这么想吃药，打完针我再给你开点儿啊。”

我擦了擦头上的汗：“我的意思是，只吃药不打针。”

“你不是吃了半个月的药了嘛，如果吃药能吃好，你还来这里干吗？”

医生说得很有道理，我无言以对，只能看着她开单出针。护士拿着单子去准备，我站在原地，闻着消毒水的味道和桌上那瓶涂上皮肤就发凉的消毒碘酒，眼睛直勾勾地看向门外。

小哥立马看出了我的心思，以迅雷不及掩耳之势启动防我逃跑机制，一双大手紧紧箍住我的肩膀，一看这跑路无门的架势我更慌，全身开始莫名烦躁起来。

护士告诉我："别紧张，不疼的。"

我满心怨念："扎的不是你，你当然不疼了。"

小哥麻利地帮我把衣袖撸起来，护士用针管抽吸小瓶子里的药液，我看着那根在灯光下散发着金属利光的细长针管，全身的肌肉和外皮都绷紧了，小护士拿着针管，一步步朝我走来，我被小哥摁在椅子上，动弹不得。

小护士给我绑上泵血胶条，胶条瞬间让我的血管充血胀起来，她满意地拍了拍我僵硬的胳膊，在上面涂上一层碘酒，空调的风一过来，凉飕飕的，那一刻，我敏锐地感觉到体内所有的焦急和紧张情绪达到了最高值，护士拿着针尖要往我胳膊上扎，就在此刻，不可思议的事情发生了：刚才涂过碘酒的那一小块肌肉，忽然不由自主地、剧烈地抖动起来。

2

我被自己不可控的身体惊呆了，打个针还吓得肌肉抽筋，我极力想要控制这块胆小的抖S肌肉，但什么用都没有，我越暗示它越来劲。

我、小哥和护士就站在原地，六只眼睛看着我的抖S肌肉表演，它完全随心所欲的节奏，让擎着针的小护士和小哥已经笑抽。我吸气呼气，调整深吸，脑中尽量想点儿别的事情，想用分散精力的方式来达到对这块不听话的小肌肉的控制，没想到机智的它看出了我的意图，开始了更为疯狂的乱舞。

小哥已经笑出泪来，小护士一手举着针头，一手擦着眼泪，我干脆一屁股坐下来，耗吧，等这孙子跳累了再打。

抖了七八分钟，小肌肉估计累了，总算慢慢平息下来，小护士和小哥还笑得停不下来，我狠狠瞪了这叛徒一眼，小护士也识相地憋着笑闭上嘴，给我胳膊上已经干了的碘酒又抹了一层，趁着肌肉在老实喘气，赶紧一针扎了下去。

反抗都是徒劳的。

我一脸郁闷地夹着棉签往回走，小哥跟个傻子一样笑了一路，末了拍拍我另一侧的肩膀夸道："你要是生在战争年代，保准是个出色的汉奸。"

我挨了一针，烧虽然退了，但心情不爽，小哥很有眼色："既然你今天挨针了，那咱就出去吃点儿你想吃的吧，你刚退烧，辛辣上火的不能吃，就喝点儿粥吧。"

我白他一眼："那还叫吃点儿我想吃的吗？"

他挠挠头："你不想吃粥？"

"我想吃肉。"

“那好，咱就吃肉粥。”

“……”

小哥把我拉到粥店，给我点了碗瘦肉粥，给自己点了碗皮蛋瘦肉粥。

我很不满：“我是病号好吗？为什么你多了皮蛋？”

“就因为你是病号，所以只能吃易消化的，皮蛋含铅，有毒，你不能吃。”

“知道有毒你还吃？”

“好吃啊。”

“……”

我闷闷不乐地吃了一碗，小哥开开心心地吃了两碗。

晚上九十点钟，小哥开始不停地跑厕所，好汉架不住三泡稀，跑了几趟厕所，他给我打电话：“我……可能皮蛋中毒了！”

我立马从宿舍里跑出来，带着虚弱的小哥上了医院。这条去往医院的路一天之内我们走了两趟，白天小哥送我去，晚上轮到我送他去。

晚上医院里更是冷清，我和小哥在盛夏的季节里穿着深秋的衣服，慢慢走进今天我挨针的诊室里。

座位上已经换了个值夜班的女医生，小哥一张嘴女医生就乐了：“你是山东人吧？在这里竟然能听到乡音真不容易啊。”

小哥也没想到会在这里遇老乡，只能有气无力地打招呼：“老乡好（老相好）。”

我一头汗。

女医生对小哥这个老乡十分亲切，详细问明情况，亲自带着去做了几个检查，这才坐下来给小哥开了点儿药，让他回去好好吃药休息。

小哥看着女医生精心开出来的药单子喘着虚气：“吃药太慢了，能不能给我来一针？”

“其实你吃药就可以了，没必要打针的。”

“我想打针。”小哥坚持道。

我对小哥已经无语了，在他的强烈要求下，女医生只能给他来了针葡萄糖补充体力，打完针的小哥一脸失望地跟我慢慢往回走。

我扶着小哥问他：“你很喜欢打针？”

小哥抬眼哼哼：“不是啊。”

“那你为什么非要挨针？”

“我就是想看看自己的肌肉能不能像你的一样玩特技。”

“……”

3

公司的生活让我觉得越来越枯燥无味，但小哥却很适应，大概他真的喜欢这个职业，来公司的第一年，就设计出了新产品，在同类型的产品中一炮走红，创造了公司的销售奇迹，因为这个，小哥很快成了公司知名的当红炸子鸡。

小哥一直不抽烟也不喝酒，读书的时候，有位年纪比小哥大，但小我们一届的老乡，我们称他八戒师弟。八戒师弟喜欢应酬，爱烟爱酒，对于怎么劝也不抽不喝的小哥，八戒曾颇为遗憾地拍拍他的肩膀说：“你这样的处事方式，以后在社会上是立不了足的。”

小哥不以为然：“我立足靠的是能力，不是烟酒。”

那时候我还没体会到男人不抽不喝的好处，偶尔还会担心小哥这样身上没有烟酒味儿的男生，会不会真的如八戒所说的立不了足。

工作以后，周围的男同事抽烟喝酒，一群人中，只有小哥在淡定地喝酸奶，任谁劝也不抽不喝。

部门经理乔迁新禧，请全部门同事去酒店庆贺，席间碰杯，所有男同事举啤酒，小哥举绿茶，经理不干了，非要小哥喝酒，小哥嬉笑着说不能喝，经理喝一口啤酒，他就喝一口绿茶，就是不碰酒。经理估计没料到小哥会让他下不来台，红着脸一转头，对其他同事说："今晚谁能让解小哥喝一杯酒，我给一百块，喝两杯，两百！"

重金之下必有勇夫，平日里觉得跟小哥关系不错的人纷纷过来敬小哥，小哥还是那副样子，不恼，不急，也不喝。

一个晚上，一部门的同事愣是没能让小哥喝一滴酒，从此再聚会，经理再跟小哥举杯，话就成了："我干了，你随意。"

很多人以为不给经理面子的小哥不会有什么好的发展机会了，没想到小哥却用自己的能力让经理对他另眼相看。本部门跟其他部门开新产品会议时，只要涉及研发项目，经理必定拉上小哥，就连销售部的同事跟大客户介绍产品，只要涉及新产品，也要拉上小哥，就这样，越来越多的部门经理和上层管理人员认识了小哥。有一天，一位颇为欣赏小哥的厂长说，要让有能力的年轻人多些接触外面的新事物，长长见识，就这样，小哥开启了国外出差的旅程。

没多久，小哥被点名跟着销售部的经理们一起去泰国考察。

所谓考察，其实就是吃喝玩乐的福利别名。我边给小哥收拾行李边跟他开玩笑："你出门在外，记得路边的野花不要采。"

小哥白我一眼："我对人妖没兴趣。"

小哥出差十天，我自己一个人打卡上下班，一个人吃饭，一个人玩游戏，时间过得无比漫长。

在谈恋爱这件事上，解小哥一直是个润物细无声的保守派。和我在一起这么长时间，基本没跟我说过什么甜言蜜语，每每看到别人给女朋友送花放烟火，他总是不屑地撇撇嘴："做这些事有什么用？"

我问他："什么才有用？"

他一本正经地掰着手指："还不如用这些钱给你买点儿好吃的，还可以补补身体，或是买双好鞋，保护脚……"

虽然我也是这么想的，但是听他这么一说，还是莫名不爽。

我说他："你就是不懂浪漫。"

小哥摇摇头："浪漫有什么用？两个人在一起相互陪伴，平平淡淡才是真。"

我对他的话嗤之以鼻，现在天天陪在身边的人忽然不见了，这才体会到平淡是真的含义。我想这话要是拿文艺腔说出来，应该是：陪伴，才是最长情的告白。

这么想来，小哥还是挺浪漫的一个人。

4

十天后，小哥终于回来了，他迫不及待地打开鼓鼓囊囊的行李箱邀功：“给你带礼物了！”

我很激动，心想这小哥出去一趟，终于知道给我带点儿小惊喜了，果然没白出去长见识啊。

小哥把箱子一掀开，豪气地掏出一大袋子瓶瓶罐罐递给我。

我抱着沉甸甸的一大袋东西很是高兴，拿出其中一瓶写满泰文的油状玻璃瓶问：“这是什么？泰国护肤品吗？”

小哥一脸得意：“我哪会买那些没用的东西。”

“那这是？”

“跌打止痛油。”

“什么？”

看我黑着一张脸放下他千山万水带回来的礼物，小哥赶紧跟我说：“这是泰国特产，专治跌打扭伤和关节痛，那边打泰拳的人，都说用这个管用，咱天天吹空调的关节痛，以后有得用了。”

听完这话，我心悲凉，对这份工作更是生出了无限悲伤。

我很郁闷，不相信他出去一趟，只买了一堆药回来，怀着最后一丝希望，我认真问他：“除了跌打止痛油，你难道就没买别的？”

“有啊。”

我长吁一口气，心想还算你有点儿良心。

接着就听到小哥说：“我还买了点儿泰国版的藿香正气水，

出门在外，肠胃很重要，我们都要注意身体……”

解小哥，你真是够了！

我瞪着他，用教育的口吻问他：“跟你一起去的同事也买了一堆药回来？”

他摇摇头：“不是。”

我恨铁不成钢，隔空敲黑板划重点：“那他们买了什么，你就不能学学人家吗？”

小哥撇撇嘴：“我才不买那些没用的。”

我问他：“他们买了什么没用的？”

“泰国的方便面。”

“……”

我如泄气的球，没了脾气，心想这样比较起来，小哥带回来的东西也没那么糟糕了。

第二十三章

谈一场迟到的“跨国恋”

1

等小哥把国内和东南亚都去遍了，总经理发话了：“你去大使馆办签证，如果能过，下个月跟我去拉斯维加斯出差。”

大洋彼岸的美国，曾经是小哥要去留学的地方，没想到在两年之后，没去留学，跟我来了南方的小哥，以考察的身份踏上了那片土地。

去使馆签证之前，小哥就知道美国难签，除了看来签者的财产证明和各种身份证明，还有最重要的一点，就是签证官的心情。

小哥拿着销售部同事帮他准备好的所有材料和父母给他寄过来的证明，开始排长队等待着资本主义国家门卫的严厉审核。

给小哥面试的是一位白人女签证官，看她不苟言笑心情欠佳的样子，小哥就预感到大事不妙。果不其然，小哥是女签证官面试的最后一人，她匆匆翻了几下递过去的材料，便不耐烦地挥挥手，小哥被拒了。

销售部的同事安慰小哥："签美国很少能一次就过，不用担心，已经给你重新排队了，下周继续。"

一周后，小哥又冤家路窄地碰到第一次拒签他的白人女签证官，毫无悬念，小哥再次被拒。

我问小哥："是不是很郁闷？"

"不郁闷，公司已经给我排了下周的号。"

我很惊讶："公司要让你去签几次？"

"签过为止。"

"……"

小哥第三次去签证，终于换了位置，不用再面对那位白人拒签使者，取而代之的，是一位黑人兄弟。黑人兄弟跟小哥聊了一会儿，就痛痛快快地在签证上盖了章，美国签证算是签下来了。

小哥签证成功，我拉着他去逛街，想给他置办一身像样点儿的行头。自从跟着我来了南方，小哥就没正儿八经地买过什么好衣服，每次去买衣服，看着货架上哪些最大码只有XL的衣服，小哥都要承受着巨大压力，所以不到万不得已，他坚决不去买衣服。好在公司有工作服，一周五天都穿工服，周末外出他便随意套上以前的那几套运动休闲装。

我跟他说："你的衣服都穿多久了，咱出去逛逛，给你添点儿正式些的套装行头吧。"

小哥摇摇头："这边一年三百六十五天，三百五十天是穿短袖短裤的，剩下十几天都在家里过年，根本没机会穿长袖正装。"

我又说："那就给你买点儿休闲短装吧。"

他还是摇头："以前的衣服都穿不过来，买新的根本没必要。"

一直以来，只要不上班，小哥都是运动T恤加运动短裤，我说他："你现在上班了又不是还在上学，总得提升一下形象和品位吧？"

小哥想了想，点点头："是要提升一下，不过，一个男人的品位不是看自己穿什么，而是看他身边的女人穿什么，为了不拉低我的形象和品位，你赶紧挑几件好点儿的衣服。"

我："……"

2

我不想让小哥穿着那身衣服出国，硬拉着他到男装区逛了一大圈，依旧是看上的没码数，有码数的看不上。

小哥泄气了：“算了，要不这样，我出国再买，那边都是欧码，而且款式多。”

我看他一眼：“谁会穿成这样出国买东西？”

他振振有词：“大妈们不是经常这么干吗？”

“……”

拧不过小哥，我只能同意了，走出服装区，小哥松了一口气，转身拉着我直奔鞋店。

这么多年，无论身处何处，看鞋买鞋依旧是小哥的最大爱好。

这家商场里，品牌运动鞋竟然种类多、款式齐，几乎知名品牌的新品都能找到，让我们颇为意外。几年职场生活下来，小哥成长不少，做事说话、待人接物都有了成熟的味道，唯有在看鞋的时候，像是回到了大学时代，又变成那个拉着我蹭鞋店空调，兴奋地让我试这试那、滔滔不绝地跟我讲鞋、给我买鞋的男生。

逛了一天，我们原本出来的目的是给小哥买衣服，最后却提着我的一双新鞋回来了。

小哥一脸兴奋，路上全程都在说这双全球限量版的鞋子被我穿上是多么好看，他很庆幸给我抢到最后一双。反正一句话，今天出来逛鞋店真是太明智了！

我其实不缺鞋，这双鞋花了小哥几乎半个月的工资，我有些心疼，抱怨他说：“你不是要学大妈出国血拼吗，不是说国外款式多吗？为什么非要在这里买？”

小哥拎着战利品：“这你就不懂了，买鞋子最重要的是合脚，要穿要试，不是码数对就一定合脚，每个人的脚板薄厚脚背高低都不一样，如果你没现场试，买回来你穿着不舒服，那不是白瞎了吗？再说这是限量鞋，一面世就被抢光了，国外哪还能买到？这双鞋虽然是全价买的，但是非常值，这品质这做工再加上它的保护技术，今天能在这里碰到而且还有你穿的码，这是多大的幸运才能遇到的事，你看看我，买个衣服还要出国才能买，你难道不觉得自己身在福中不知福吗？”

“……”

3

小哥这人有个习惯，每次让他找东西，只要不在他眼皮底下，他统统找不到，如果非要让他仔细找，他原地转个圈，又继续用无辜迷茫的眼神看着你。

其实这些东西，很多时候就在他眼前，只需要拿开一本书或者一个碗的距离，但他死活就是看不见，折腾半天，跟他费时费话最后还得让我亲自费力，从此以后，只要我能自己费力的，绝对不会再跟他废话。

小哥每次出差的行李，都是我给他收拾的。有次他出差时全程感冒，我问他是不是温差大，他说不是，可能是因为洗完澡没擦头和身上的水就在空调房里待着。

我问他为什么不擦？”

他满脸委屈：“没毛巾啊。”

我问：“你的毛巾呢？”

他说：“没找到，可能你漏放了吧。”

我不能接受这顶乱扣的帽子，我有个习惯，每次给小哥准备出差行李时，都会先列一张纸条，然后再一样样照着上面的清单，一一准备好再放进箱子里，放一样勾掉一样，保证不错漏，强迫症的我通常到最后还要再检查几遍才放心，像毛巾牙刷这种天天要用的东西，怎么可能会漏放？

为证清白，我打开他的行李箱，迅速在内侧第三个小袋子里，翻出那套叠得整整齐齐一直没用过的浴巾和毛巾。

小哥一脸惊讶，用浓重的鼻音哼哼：“哎呀呀，怎么在这里？太神奇了。”

“……”

这么小的行李箱他都能找不着东西，我除了给他白眼，话都懒得跟他说。

小哥出国前，我把所有应用之物都一一放进行李箱后，为防止傻剧重演，在关箱子前让他再认真看一遍哪些东西放在哪个位置，就算他记不住，起码也有个印象。

出门前我把一盒感冒药塞进他行李箱的侧袋里，叹了口气对小哥说：“如果这次再找不到，你就直接吃药吧。”

“……”

4

小哥飞到了大洋彼岸，我自己在公司上班，有一天忽然接到一个陌生来电，我没留意就大大咧咧地接听了，电话那头传来一句温柔又陌生的女声：“请问，是牛小姐吗？”

“是的。”

“我是解小哥的妈妈。”

什么？！

我脑子瞬间短路，对方竟然是传说中的未来婆婆？

愣了几秒，我才反应过来：“伯……伯母好。”

“我打来没什么特别的事，就是想跟你说，解小哥出差了，你一个人，要注意安全，好好吃饭，晚上睡觉关好门窗……”

直到对方挂了电话，我还像个傻子一样，毫无预兆的，未来婆媳就这样完成了第一次交流，全程只知道“嗯嗯嗯”的我，也不知道会不会给未来婆婆留下一个傻乎乎的印象。

跟小哥靠网络和电话联系了半个月后，小哥问我："你觉不觉得咱俩像在谈跨国恋？"

"……"

在回国之前，小哥短信问我想要什么礼物，我跟他说不用了，给家里人带礼物就行了，不用管我。

是人都知道这是句玩笑话，然而小哥却当真了。

一个月后，小哥终于风尘仆仆回了国，从大背包里一一掏出给家里人买的礼物，果然没有我的。

小哥看着一言不发的我，一脸无辜地耸耸肩："你自己说不要的。"

我自己都觉得自己的笑脸好假，心里嘀咕，你啥时候才能长点心啊？

吃过晚完饭回来，我看到房间书桌上有个小礼物盒，我以为小哥要送哪个亲戚的，也没在意，打开一看，是一瓶BURBERRY的女士香水。

我很好奇啊，小哥竟然也会想到送人香水了啊，也不知道是送哪位亲戚的，这瓶子挺漂亮的，不知是什么味道的呢……

第二天，小哥问我："礼物喜欢吗？"

我反问："什么礼物？"

小哥皱眉："书桌上你没看到？"

我一脸惊讶："那瓶香水？是送我的？"

小哥鄙夷地问：“不然你以为送谁的？”

我笑得嘴都合不上了：“我还以为你送亲戚的。”

小哥凑过来在我衣服上闻了闻，说：“以为我送亲戚的你还偷偷喷？”

被小哥当场拆穿，我略有尴尬，想不到这香水味道竟然这么持久，我昨晚只是好奇地喷了一小点到衣服上，谁知今早竟然还是被破案了……

我扯开话题：“你给自己买的衣服呢？”

小哥一脸理所当然地跟我说：“一想到回来又要天天穿工服，我就懒得买了。”

第二十四章

丑媳妇要见公婆

1

这两年的春节我和小哥都是各回各家各找各妈，每次过完年，我都艰难地提着大包小包赶火车再挤公交车再倒车再走一段路才能回到公司宿舍。小哥看着高出我头顶一截的背包，叹了口气，说：“以后，咱就别分开行动了。”

我问他什么意思。

小哥捋了捋我额前的刘海儿：“丑媳妇也应该去见见公婆了。”

我有些发虚，说实话，我对见未来公婆是有心理障碍的，因之前拉着小哥来南方，让他放弃出国，我想如果我是小哥的爸妈，心里也会有想法的，都说婆媳不好相处，现在还没相处，就已经心存芥蒂了，我能不忐忑吗？

除了这个历史原因，再加上自己毫无亮点的外貌条件和基本没啥可说的家庭背景，我的自信心严重不足，很没底气地跟小哥说："是不是太早了？"

他嘴一撇："你都快成老媳妇了，还早？"

我叹了口气，虽然双方家长在大学时就知道我俩谈恋爱，但要说真正和他们接触，也就是最近这两年。所谓的接触无非就是小哥在跟他们聊天时，我偶尔在旁边问声好而已，就算多说几句，也是些日常小事和天气变化，要是见面了，真的不会尴尬吗？

我太了解我自己了，面对不熟悉的人，三棍子也打不出一个屁来。要是跟小哥家人坐在一起，我都能想象出自己的窘迫，那画面太美，我简直不敢想。

我深吸一口气，跟小哥说："要不，等我做出点儿成绩再去？"

小哥嘟囔了一句："那意思就是不用去了呗。"

我差点儿被他气得翻白眼。

时间匆匆，转眼又是年关将至，过了中秋，我上网基本只干一件事：上婆媳论坛取经。其实我在上面来来回回无非就看那么几个问题：第一次上婆婆家，送什么礼比较合适？第一次登门，怎么说话比较得体？婆媳见面，怎么做才显得不卑不亢？

这些问题，都是我一窍不通又急需知道的。

网上全是些不嫌事大的激进调，什么第一次上门就不应该送东西，不然惯出了坏毛病。什么初次登门千万别表现得太好说话，不然未来婆家就把你当个包子。还有更牛的过来人现身说法，第一次去婆婆家，千万别干活，吃完就撂筷子，别贱兮兮地抢着洗碗又扫地，不然，以后这些将是你永远干不完的活儿！

当然，也有保守派的建议，基本就是跟激进派相反：上门不能空着手，不然没礼貌，以后婆家就不会礼貌待你。说话要顺着长辈，否则没礼教，以后婆家会认定你没家教。眼里要有活，不然没眼色，以后婆家会挤对你……

这两派基本对着来，各说各有理，打得不相上下，我被她们越搅和越乱，看了一段时间，最后发现跟没看一样。

没找到能用的答案，我只能给老妈打电话：“你女儿就要去未来婆婆家串门了，请问你以前第一次上婆婆家，是如何做的？”

我妈寻思半天：“以前都是婆婆上家里来提亲，没有媳妇儿上门的。”

“你嫁过去后，有什么需要注意的吗？”

“太久，忘了。”

“那女儿这次前去，你有没有什么要交代的？”

“有，别给老妈丢脸就成。”

“……”

问了就跟没问一样，说了就跟没说似的。

2

我为上门的事着急上火，小哥却一有时间就跟PSP大战，我跟他抱怨：“我都愁成这样了，你还有心思玩？”

小哥松开按键，抽空动了动手腕关节，安慰我说：“有什么好愁的，你就大大方方去就行了。”

“我不是怕他们不喜欢我嘛。”

“我喜欢就行啦。”

话是这么说，但我还是不放心，又问：“那我不懂你们那边的礼节怎么办？”

“我们家没什么特殊礼节。”

“我没有经验不知道要跟未来婆婆说什么话怎么办？”

“没事，我妈有经验。”

“你到底带过多少女孩回家？”

“……”

扯了半天，问题依旧没有解决，我翻着电话本查找能帮我答疑解惑的人，翻了两页，看到白师姐的号码，她前两年才嫁做人妇，应该能帮上忙。

远在上海的师姐握着电话边哄孩子边给我传授经验："礼物是要带的，但不用太贵重，日常的水果就可以。不会说话可以不说，婆婆们也不都是喜欢话多的，再说去了婆婆的地盘，说太多就显得来势汹汹谋权篡位，安静低调也是好事。至于干家务，看情况，吃完饭可以帮着一起收拾碗筷，但不用大包大揽，你不是佣人但也不能让人觉得没眼力，象征性地帮忙干点儿就可以。"

不愧是学霸啊！

挂上电话，丑媳妇准备见公婆。为表重视，我开始对着镜子研究如何改造自己的外观造型，我这人懒，平时在公司也不修边幅惯了，反正在这么个工业区，天天工服上下班，捯饬得再漂亮充其量也就是厂花，况且我再捯饬也不可能是厂花，本着不瞎折腾的硬道理，我便一直自然长到现在。

对自己外貌的松懈管理，后果就是越看越泄气，我指着镜子中的自己喃喃自语："你看看这脸，一说话就歪了，还满脸的小雀斑，这牙，还有点龅，也就眼睛还能看，但一带上眼镜啥也不用看了，这头发，太疏松稀少了，露出的头皮都能跑马，这身高，这小短腿……"

小哥在一旁探过头来插话："不用改造了。"

我叹了口气："也是，自然才是最美的。"

小哥连忙说："我的意思是，这么多地方，哪能改造得过来啊。”

跟小哥在一起久了，我发现他的一大特点就是：总能随时随地扯断我的理智线。

我的倔脾气上来，发狠道：“能改多少算多少！”

小哥又补刀：“你P过和没P过的照片他们都见过了，反应没什么差别，真不用修了。”

他还好意思提这茬儿？我嘟嘟囔囔了一晚上，小哥受不了唠叨，终于投降：“好好好，你说吧，想怎么个改造法？”

我指了指网上一张网红脸：“变成那样的。”

小哥凑过来看看图片又看看我，不语。

我急了：“行不行，说句话啊。”

小哥点点头：“行！”

我大喜：“要怎么弄？”

小哥认真地说：“换脸。”

我：“……”

小哥想了想，又说：“换人也行。”

我拍着桌子跟小哥说：“我要是再主动跟你说话，我就是小狗！”

小哥看我背过身去开始死命地戳那台PSP，忽然一拍巴掌，说：“我想到改造的办法了！”

我立马翻身凑过去：“汪汪汪，快说快说！”

小哥笑得眼泪都出来了："你就不能有点儿节操？"

"在你面前不需要。"

"……"

我心急如焚："什么方法，你倒是说啊。"

小哥喝了口水，放下杯子："去弄个新发型，买些衣服。"

我翻白眼："就这样？这管什么用啊？"

"那你说怎么才管用？"

"至少眼镜要换成隐形的，脸上的痣要去点掉，另外再穿上高跟鞋。"

小哥的头摇得像拨浪鼓："你戴不习惯隐形眼镜，眼睛容易干涩发炎，点痣是把脸部的黑色素沉淀淤积的部位用激光灼烧掉，到时候你满脸都是疤，还怎么见人？高跟鞋就更不用说了，我是不会让你穿这些伤脚的东西到处走的。"

驴脾气VS一根筋，我们打了一周的拉锯战，最终以各让一步结束，除了不让我自残点痣，小哥总算同意我戴隐形眼镜和穿五厘米以下的高跟靴。有了这几样装备，我稍稍多了些底气，在春运来临之时，跟着小哥上了飞机。

3

一路上小哥让我放轻松，但我能感觉到，他心里其实比我还紧张。一方面他担心家里人言语上不注意，刺激到我，另一方面，又担心嘴笨木讷的我不会说话做事，无法讨家人喜欢。

想来小哥也是为了大家的和谐操碎了心啊。

到达小哥所在的城市已是晚上七点，从机场大巴上下来，踩在有些结冰的湿滑路面上，小哥一手提着东西，一手拉着我，兴奋地朝家里走去。

“到了到了，就在前面那栋楼。”

小哥指着前面的居民楼，拉着我快步走，想着即将到来的见面，我手心开始出汗。老实说，此刻的我特后悔自己在前面的二十多年里没好好学一项特长技能，但凡有那么一点儿过人之处，我都能比现在的自己更有底气。

我心中忐忑，怕小哥家人觉得小哥为了我这么一个毫无亮点的人放弃出国不值，我担心他们因为见到我本人，会反对我们在一起。小哥为了和我在一起，努力了这么久，我不想因为我的原因，让事情再起波折，我从没有像现在这样，讨厌之前没有努力的自己。

终于到了家门口，小哥边拉着我边拍门喊："我们回来了！"

小哥家的狗老远就开始狂吠，听到小哥的声音，整个吠声都变了。

门一开，黑灰色的身影便迫不及待地扑过来，小哥怕它伤到我，忙挡在我前面，到我膝盖高的狗一头扎进小哥怀里，对着小哥的脸上一阵狂舔。小哥肩上背着包，手上提着东西，还要腾出手抱狗，我站在他后面不知所措，张嘴朝着迎出来的两人就喊："伯父伯母好。"

大家寂静了几秒，小哥用手碰碰我："是爷爷奶奶。"

爷爷跟在奶奶后面满脸和善，看起来比我还腼腆，我叫错了人，心里越发紧张，好在奶奶也不在意，把我们迎进来，说："你爸妈去接你们了，没碰上吗？"

原来是错过了，我暗暗松了口气，狗赖在小哥怀里，奶奶又拉着她的大孙子嘘寒问暖，一旁的爷爷和气地招呼我坐下。我说南方普通话，爷爷说本地普通话，我俩如同两个频道的人在对话。小哥和奶奶谈得正欢，根本倒不出嘴来帮我翻译，我算是体会到小哥第一次和我妈见面时的感觉了。

爷爷是个很可爱的人，看跟我无法直接交流，便坐在奶奶旁边，想到什么，又不知道说出来合不合适的话，就会先朝着奶奶的耳朵里小声地先说一遍，让奶奶来定夺要不要把这话说出来，如果奶奶觉得行，那就从奶奶嘴里复述出他想说的话。

我和爷爷各自比画着聊了一阵，爷爷忽然转过头，朝着奶奶的耳朵里小声说了一句。

奶奶听完咧嘴一笑，对我说："爷爷说你挺可爱的。"

我大为意外，跟着大家笑起来，气氛顿时放松不少，笑声化解了因交流不畅带来的尴尬，即使到了现在，我每每想起这一幕，仍对爷爷心存感激，正因为他的话，才让原本毫无信心的我，忽然又有了自信。

坐了一会儿，听到有开门的声音， 我身体一僵，小哥拉拉我的手，示意我别紧张。门开了，小哥的爸妈穿着大衣带着外面的冷风进了家门，小哥迎上去跟他们拥抱，我愣在后面，呆呆地等他们抱完。

然后才咽了咽发干的嗓子说："伯母好，伯父好。"

"你好。"

他们微笑地朝我点头，没有想象中的狗血情节，礼貌而客气。

我大大松了口气。

4

小哥一家开着车，带着我在这个有名的海滨城市游玩。小哥的体型随父亲，高大健壮，两个人毫无疑问地坐在前面的驾驶和副驾驶座位，我和未来婆婆坐在后座，我心里无数次想要试图说点儿什么来打破沉默，但最终又因为不知道要说些什么而放弃了。我们就这样一路比邻而坐相对无言，别扭又尴尬，好在外面风景的确不错，我只能一路装作看景，祈祷赶紧到达目的地。

游玩结束，想到回程又是一路无语，我在心中叹气，没想到回去的时候，小哥竟然把老妈请到副驾驶座位，自己走过来跟我一起挤进了后座，看他缩着身子坐到我旁边的样子，我顿时心中一热。

身边坐的是小哥，我终于全身放松下来，一放松就有睡意，我眼里带着隐形眼镜，眼睛发干，我不停眨眼揉眼，搓了一路。

晚上小哥悄悄跟我说：“你明天别戴隐形眼镜了，戴回你那副近视眼镜吧。”

我不愿意，看了还剩五副日抛的隐形眼镜逞强：“不行，我要给你家人留个好看点儿的印象。”

小哥撇撇嘴：“你今天眨了一下午的眼，我爸刚才还问我，说你眼睛是不是有什么问题。”

我：“……”

第二天起床，我老老实实地戴回自己的近视镜，临出门时小哥忽然拿出我的一双平底鞋：“今天去爬山，穿这个。”

我吃了一惊：“你什么时候把这双鞋塞进包里的，我怎么不知道？”

他放下鞋子把我的眼镜扶正："你往眼里塞隐形眼镜的时候我放的，赶紧换上吧。"

昨天穿了一天高跟鞋，脚确实被磨得生疼。我乖乖穿上平底鞋，顿时感觉轻便舒适，鞋子合不合脚舒不舒服，果然还是脚最知道。

戴上眼镜穿上平底鞋的我，一秒变回真正的矮丑挫，未来婆婆正好走到我旁边，上下打量了我一眼，喃喃自语："才过了一晚上，怎么又变矮了？"

小哥憋笑着看我，我瞪着那双内增高，深切体会到什么叫搬起石头砸自己的脚。

海滨城市的好处是面朝大海春暖花开，对着无边的大海，隐藏多年的文艺病都给勾出来了，说实话，这几天下来，我对这个小哥从小生活的城市有了各种亲切感，所谓爱上一个人就会爱上一座城，大概就是这个意思吧。

十几天的假期转眼就剩最后一天了，小哥和我打算在家归置东西，而小哥父母也有个推不掉的婚宴，正好各忙各的，我松了一口气，心想过完明天，我这趟见婆婆之旅，虽然说不上完美，但也能有惊无险结束了。

5

我住的房间里有单独的卫生间，一大早起来，我上完厕所发现坐便器坏了，便便怎么冲都冲不下去，摁了几次水闸，不敢再往下摁了，怕溢出来。

我急坏了，赶紧找来小哥，小哥看着一缸浑浊物也蒙了，拿上皮搋子，开始往下通，上下捅，左右搅，边搅和边冲水，然而除了水越来越浑浊，并没有什么用。小哥搅和了半小时，眼睁睁看着那缸东西越来越接近临界点，最后垂下手："不行了，找我爸吧。"

"什么！"

我急忙拦住他："不行不行，不能让他们看到这缸便便！"

"通不下去，他们迟早都会看到的。"

我愁眉苦脸："话是没错，但是第一次上门，就让未来公婆帮通马桶，这不太好吧……"

"没事没事。"

小哥安慰了几句就出去请救兵了，我盯着那一缸便便长叹："就差一天了就能善始善终了，现在这事闹的，这到底是什么仇什么怨？"

小哥爸妈看到那缸混浊物的时候，脸上明显地抽搐了几下。

接下来，解爸爸挽起袖子，拿起小哥放下的皮搋子，继续伸进那缸黄绿色里搅和，解妈妈在一旁帮倒洁厕剂，而我和小哥则站在厕所外，看着他们搅和。

搅了一阵，当解爸爸再次摁下冲水阀门的时候，惨剧终于发生了，坐便器不停地往外吐出存货，我们四个人就这么大眼瞪小眼，眼睁睁地看着污水和污物顺着坐便器的壁流下来，淌在厕所的地上。

比这更惨的事是，这马桶显然没有要停下来的意思，一直吐……一直吐……

整个厕所地面上已经满是污水，解爸和解妈的脚都泡在……我们拉出来的污物里，他们脸上的表情已经无法形容了，作为“屎”作俑者的我根本不敢直视他们的眼睛。小哥在旁边也是大气都不敢喘，只能干愣着。这时忽然听解妈吩咐小哥去拿一次性手套。小哥呆呆地问了句：“拿手套干吗？”

“捡屎。”

捡屎……捡屎……

我们的内心几乎是崩溃的，我和小哥想要一起捡，被他们拒绝了，理由是：“别添乱了……”

等把厕所的地面清理得差不多了，通下水道的物业才到，来人捂着鼻子，拿着专业机器通了十来分钟，才把污水给通了下去。把人送走，闻着满屋子的销魂味道，我和小哥默默地拿起拖把，想把味道彻底清理干净，不料未来婆婆不让，说让我们别沾手了，她和解爸两个人硬是把厕所给我们清理干净了。

等所有工作完成，已经接近中午十一点，解爸和解妈匆匆洗了澡，换了衣服去赴喜宴了。

等他们回来，家里味道已经消散得差不多了，为了套近乎，我觍着脸没话找话问婆婆："喜宴好吃吗？"

未来婆婆摇摇头："满鼻子的屎味儿，根本吃不下去，礼金算是白送了。"

这事儿让我忐忑了一晚上，第二天走的时候，小哥在父母的房间里留了一点儿孝心钱，然后才踏上旅途。等我们坐上飞机，我打开包准备关手机的时候，发现那沓钱又完完整整地躺在了我们的包里。

虽然很多感情说不出口，但我能感受到，作为长辈的他们，在用行动来表达对我们的关爱，我感动之余，庆幸首次的婆媳见面，终以温情结束。

第二十五章

有你在，很心安

1

小哥的能力得到赏识，在公司如鱼得水，越发得心应手，而我，却因为不喜欢这份工作又不想离开这里，在犹豫和蹉跎中，越来越不开心。

在这个公司里，能游刃有余的人大致分为两类：一类是交际厉害型，八名玲珑，跟谁都能说到心坎里，在情感上迅速跟别人打成一片，用娴熟的交际手段去化解一切难题；另一类就技术厉害型，只看心情不看队形，管你谁谁谁，反正老子浑身是飞刀，此处不留爷，自有留爷处。

我希望自己是两类中的一类，跟着小哥在这里奋斗出一片天地。但很可惜，我哪类都不是，每天在这个公司里疲惫不堪又找不到方向，只能用各种幻想和美食来暂时麻痹自己。

我无辣不欢，以前在学校的时候天天吃也不会长痘，现在看着镜子里那张满是痘痘的脸，无论我用了多少祛痘产品，依旧没有效果，我终于相信，上火的不是辣椒，是心境。

小哥让我别吃辣的东西，可是我根本戒不了，这里闷热潮湿又压抑，如果没有辣椒，我连食欲都没有，辣椒几乎成了支撑我在这里的粮食支柱。

周末刚睡醒，我就跟小哥嚷："我要吃火锅！"

小哥从电脑旁回头看我："昨天不是刚吃过吗？"

我没来由地火大："昨天吃过今天就不能吃了吗？我吃个火锅怎么了？我就想每天吃火锅怎么了？！"

小哥看我满脸写着起床气，默默起身切了个柠檬，放进大茶杯里，又加了几块冰糖，递给我："喝完我们就去。"

吃完火锅，晚上我的嗓子就疼得说不出话来，第二天脑袋都是晕晕沉沉的，干脆让小哥给我请了个病假，吃了药躺在床上，虽然还是难受，但跟去上班相比，好受多了。

其实严格来说，我的这份工作在很多人眼里，算是一份清闲活，上头有小哥帮我罩着，不用担心什么工作压力，每个月安安稳稳领工资，每年都有机会去国内或国外考察，五险一金齐全，除了周边环境差一些，其他方面看来，真不算一份差工作。

可惜萝卜青菜各有所爱，我这个人骨子里自由散漫惯了，根本无法按部就班，受够了每天朝九晚五三会四卡，日复一日的日结果、周计划、月计划、年计划，天天都把时间浪费在大小会议和虚假的人际关系上，看着毫无进步的一天又一天，我整个人被这份工作耗得只剩焦虑和烦躁。

看不到未来是一件很糟糕的事，但比看不到未来更糟糕的是，明知道看不到未来，却依旧机械地重复着看不到未来的事，浪费着年华。

一睁眼一闭眼，一天就过去了，日子走得飞快，这段日子，我几乎每天睁眼的第一件事就是叹气，想到又要去上毫无意义的班，我甚至就想一直这样睡下去。

身体远比内心诚实，我之所以对我的工作提不起精神，甚至觉得它意义不大，终其原因，是我不喜欢这个职业，或许是受我老妈的影响，在我心里，一直都有自己创业的想法。

公司的工作轻松，每天出入有恒温空调的办公楼，隔三差五就能到各地去看展会开阔眼界，工资每年都在稳步上涨，最重要的是，在这里我和小哥就能天天在一起。我为这份工作想了很多好的理由，却依然说服不了我自己，我每天都在重复着我不感兴趣的工作，浪费一天又一天珍贵的时间，我想离开又舍不得现在的一切，这种心理折磨，让我每天疲惫不堪。

我觉得自己快被这种犹豫和纠结逼疯了，尤其当我看到自己头上已经偶尔冒出的白发时，不禁心生悲凉：想干的事都还没去干，难道就这样老了吗？

我无时无刻不想着离开，但一想到离开去创业又可能失败，有可能再次断送小哥的事业前途，在这些种种可预知和不可预知的未来面前，我的想法又变成了泡影和叹气。这件事我从没有认真地跟小哥谈过，我不知道怎么跟他说，我想要改变又害怕改变，只是把它放在心里，只有夜深人静的时候，才能在丰满的理想和骨感的现实中重重叹一口气。

请病假在宿舍休息的我甚至希望自己能顺着扁桃体发炎这把火，发个高烧，然后借病不去上班，休息个十天半个月。可惜，吃了几颗小哥带回来的药丸，晚上炎症就消了，小哥看着病情好转后闷闷不乐的我，叮嘱我早点休息。

2

第二天，小哥像往常一样准备好早餐，心情大好地把一直赖在床上不肯起来的我拉到餐桌，递给我一杯牛奶和一个面包：“赶紧吃，吃完了咱辞职去！”

我一口奶差点儿喷出来：“辞职？咱俩？”

“你每天上班跟上坟似的，我看着难受，如果这么不想上班，那咱就趁着年轻，做点儿自己想做的事情，人怎么活不都是一辈子。”

事情来得太突然，我待在原地喃喃道：“可你刚升了职，这样太可惜……”

虽然我一直想走，但怕耽误得领导赏识前途一片光明的解小哥，一直没说出来，没想到小哥自己先提出来了，且说走就走，这反倒让我犹豫了。

“没什么可惜的，当初我是因为你才来的，现在你想走，我当然跟你走。”

一大早小哥就放大招，我感动坏了，但光感动没用啊，想到经济问题，我又消沉了：“我们都没了工作，以后吃什么？”

我之前上班压抑，一下班就拖着解小哥到处吃喝采买，购物减压，看着钱花掉，堵在心头的气才消下去。每天如此，辛苦赚的钱压根儿没攒下半毛，想要自由却没有自由的本钱，郁闷又加重了我的购物综合征，如此反复，恶性循环。

小哥返回房间拿出一张卡递给我：“省着点儿花，够咱俩顶个一年半载的。”

我又一次震惊，说实话，在这时候，再多的嘘寒问暖，真的不如一笔巨款，虽然钱不多，但也够让我俩开始一种新的生活方式了。

我拿着卡，佯装埋怨他说：“好啊，你竟然敢存私房钱！”

小哥淡定地咬了口面包：“我不存钱怎么给你自由？”

我很不淡定地问他：“你是不是也不想干了，所以偷偷存钱，为了咱俩辞职用？”

“当然不是。”

“那是为什么。”

“为了买房娶你啊。”

因为家庭原因，我是个安全感很低的人，买一套属于自己的房子一直是我的心愿，但我赚钱的速度远远低于我花钱的速度，在一天一个价的房市里，房子于我，也就是梦想而已，连我自己都还没为自己的梦想行动的时候，小哥已经在默默地为我们的房子打地基了。

我拿着卡看着他，小心翼翼地问道：“那我们把买房的钱用了，以后没钱买房子怎么办？”

小哥想也不想：“再赚。”

“万一钱花完了，我们没创业成功呢？”

小哥一脸认真地拍拍我肩膀：“那我就再找份工作，继续供你创业。”

话都说到这份儿上了，我还有什么可犹豫的呢？感受到他掌心的温度，我终于安下心来，心想只要他在身边，只要我们一起努力，我们想要的，迟早都会有的。

我和小哥其实都不喜欢受拘束，只是这份工作小哥喜欢而我不喜欢，所以他能继续在这样的环境中忍受，而我忍受不了。

我不知道小哥从什么时候知道我心里的想法的，估计我矛盾纠结的样子他都看不下去了，所有才干脆拉着我去辞职一起创业。

有了小哥的支持，无论结果如何，我都要去尝试。

可能对我来说，上了这么多年的班，估计就数第一天报道和最后一天辞职最开心了，我们交了小哥之前就打印好的辞职表，在第一个会议开始前，手拉手开开心心地离开了。

第二十六章

创业艰难，爱你不伤

1

辞了职，我俩提着大包小包，双双回了我家，从此开始了自力更生多劳多得的SOHO生活，也就是所谓的自由工作者。

对于我俩一起裸辞回家的举动我妈还挺支持，因她年轻时也是自己创业闯出了一条路，虽然深知其中的艰辛，但依旧觉得，年轻人出来闯闯也是件好事。

但没想到，这件事在小哥家里却起了轩然大波，长辈们震惊之余，觉得这么大的事情，我们竟然毫无预兆也没跟他们商量，说辞就辞了。我俩跳出了单位，没有了旱涝保收，这对于在事业单位工作一辈子的解爸解妈来说，简直是无法想象且极其危险的大事。一家有个失业的人已经是天大的事情，更何况两个人同时失去了稳定收入，我们的做法对小哥的父母来说，简直要翻天了。

在小哥跟父母网上沟通以解释我们的行为时，我不知哪里来的勇气，一股脑儿地把自己的豪言壮志语音跟小哥父母一顿倾诉，希望他们听完后能理解和支持我们的创业梦，没想到，他们在听完我的话后，沉默了一分钟，匆匆下线了。

小哥的手机随后就响了，小哥跟他们不停地解释，但没有用，最后还是在争执中挂上了电话。

南北差异和人生经历不同，小哥父母不能理解我们的做法，但我们既然已经辞职，他们希望小哥能回到家乡再找一份稳定的工作而不是在南方瞎混。

可这一次，小哥又一次违背了家里的意愿。

每天看着小哥愁眉苦脸地接家里催他回家的电话，我有种昨日重现的感觉。当年小哥违背家里让他出国的意愿，毅然决然地跟我来了南方，也是如今这样两难的表情和处境，而这次，小哥依旧没有回去。

经过这些年，小哥家人已经接受了我和小哥在一起的事实，虽然对我有些心结，但还是尊重小哥的选择。他的家人跟我的关系，也在我去了一趟小哥家后，逐渐破冰，有越来越融洽的趋势。然而，现在我俩辞职的事，又让我和小哥家人的关系再次陷入了僵局，这是我始料未及的。

我和小哥的压力都很大，我担心创业不成功，担心小哥的家人对我的心结越来越打不开，担心很多事，在这么多担心里，我唯一不担心的就是：小哥会离我而去。

顶着压力，我和小哥开始了工作室模式的自主创业。

在大多数人眼中，自由工作者或许并不是一种特别好的职业，甚至算不上职业，几乎等于无业游民。但在我和解小哥看来，我们只是选择一种更适合的生活方式而已。

没有公司每月发的固定薪水，没有五险一金，没有所谓旱涝保收的安全感，但却有了可以自由支配的24小时。

木已成舟，吵也吵了骂也骂了，小哥父母就算对我们的决定再不满，也只能走一步看一步，盼着我们把那点儿积蓄花完，然后再另找工作。

在我们两眼一抹黑，一切都刚开始的时候，知道我们离职的前同事找到小哥，请他设计产品方案。在这之前，这位同事以合作的方式跳槽到了另一家同类公司，想急于做出成绩，又想用最小的成本做出产品，所以他给我们的条件是，不给我们设计费用，但承诺新产品出来后会给我们百分之十的分成。这个机会对于刚开始创业的我们来说，无异于天上掉馅饼。

2

小哥憋足了劲儿，给对方设计了一个相当好的产品，不出所料，刚一面世就开始热销，对于这样的结果，我们激动又期待，毕竟这是我们出来单干的第一炮，打得越响，对我们以后越有好处，况且这还关系到那百分之十的分成。

有了对方的销量保证，我俩每天都挺直腰板干劲儿十足，一想到即将得到的第一桶金，想到发展起来后的各种忙活，想到能用成绩去说服小哥的父母，我们在梦中都能笑醒。

转过春来，产品上市已经过了大半年的光景，对方公司却迟迟没有结账的消息，我们虽然着急，但本着对以前同事的信任，我和小哥依旧耐着性子等待。

另一方面，住在我家里虽说不用开支住宿水电，但我们怎么说也是两个快奔三的人，总不能在家啃老啊，偶尔买米买菜还是应该的，看着卡上越来越小的余额，我和小哥开始暗暗焦急。

对方说好的百分之十分成迟迟不见兑现，我们初次试水，并不知道这样的情况要如何更有效的解决。我开始不停地催小哥问对方情况，小哥表面淡定，一面安慰我一面跟对方追款，可对方总是有各种各样的理由延期。

我们很恼火，但又不能跟对方撕破脸，如果谈崩，就等于竹篮打水一场空。还有一个致命伤就是合同，虽然双方签订了合同，但对签合同没经验的我们让对方签了同事的名字而不是对方厂子的名字，如此一来，生产的厂子并没任何责任，同事说他正在给我们争取，两面为难，让我们体谅他的难处，谁都不容易，我们只能继续忍着等着。

然而等待并没让情况好转，卡里的余额已经不允许我们坐以待毙了，我们设计的新产品在市面上卖得如火如荼，本想靠设计做工作室的想法只能暂时搁置，走投无路的我们干脆尝试着自己跑销售卖我们设计的产品，而对方也答应如果我们能打开这边的市场，就让我们成为这个区域最大的经销商。

一直做技术的我们第一次跑销售，我们就像两个学生一样，用最笨的办法，先在地图上把需要这些产品的店家标记出来，做好记录，然后再背着厂家的宣传册，骑着方便快捷的电动车，挨个去找客户。

正值盛夏，酷暑难耐，无论刮风下雨还是烈日当头，我和小哥都风雨无阻地骑着一辆小电动车奔走在销售的路上，多少次，小哥在前面吸着尘土飞扬的空气开车，我坐在后面左手一袋产品右手一袋宣传册。我没手撑伞，小哥怕我被晒，只能在我头上披上他的长袖衬衣，衬衣像斗篷一样照着我，只露出眼睛和鼻子。

为了省钱，我们养成了出门必先灌上两大壶白开水的习惯，小哥原本白得跟馒头一样的脸，晒得又黑又糙，帽子盖不到的脖颈全部成了黝黑一片，而我为了省下每月剪头发的钱，干脆留起了长发，小哥没法留头发，我干脆买了一套剪发工具，学着视频上教人剪发的样子，把他的头发用剪刀深一刀浅一刀的薅下来，剪完后我俩看着镜子里跟民工一样的对方，心中五味杂陈。

3

虽然情况不乐观，但这种为自己的未来奔波的心情，依旧是激动的。我和小哥去推销产品时，面对的几乎都是白眼和拒绝，甚至是被骗。那段日子，我经常失眠，有时半夜睡不着，会默默地从床上起来，走到客厅，看到小哥已经独自坐到沙发上，昏暗的落地灯照着他年轻疲惫的脸，我只能走过去坐在他旁边，相互依偎默默无语。

那段日子，我们过得很难，在路上渴得不行的时候，连一瓶两块五的可乐，都不舍得买。

小哥没有办法，又给对方打电话催款，这次是下了决心说了狠话的，但依旧没有结果，说了一晚上，反倒把刚充的五十元花费也打完了。

也许是现实给了理想太多耳光，压抑在我心头多时的烦闷和愤怒被这件事彻底点着了，在听到欠费挂机的那一刻，我把这段时间的不满、失望和沮丧全都喷发出来。我情绪激动地站起来指责小哥，埋怨他浪费钱，明知道没有结果还要打光这五十块钱的电话费，赚不到钱还不知道止损……面对更多因失去理智骂出来的恶语，小哥低头不语，失望地看向外面的漆黑一片。

我一发不可收拾，像是上了发条，一遍遍地质问他为什么要浪费那五十块电话费，我就像个单句循环的复读机，加重语气一遍遍重复那句话，要把胸腔中那股不如意的火通过小哥用完话费发泄出来。

整个过程中，小哥一直没有说话，他很清楚，我压抑得太久了，此刻的他无论说什么，都是火上加油。

他回到房里准备睡觉，我却不依不饶，追到房间对着躺下的他继续指责，他转过身去，想用此来阻挡我的咒骂，我被他逃避的姿态激怒了，开始动手扯他、拉他，想强迫他转过来听我说话，听我抱怨。

就在我用力拉扯他的时候，小哥忽然一个翻身坐了起来，眼睛血红地怒视我，全身发颤，紧握的拳头忽然一拳砸向了床头。

跟小哥在一起这么多年，我第一次看到他被激怒的样子，我愣了半秒，然后转身冲向卫生间，关起门，压抑着声音哭起来。

小哥那一拳虽是砸在了床上，却结结实实地砸进了我的心里，我缩在卫生间里哭得稀里哗啦，到底是谁变了，还是，我们都变了？当初如果没有辞职，如果没有创业，是不是就不会变了？

我不敢哭得太大声，怕被我妈听到，我不想让家里人担心，更不想让小哥和我家人之间因此产生矛盾，我一面担心被家人知道，一面伤心小哥对我的态度，我甚至因为他的举动，想到了各种极端悲观的后果。

胡思乱想中听到隔壁房间里传出我妈的咳嗽声，我迅速擦干眼泪，走出厕所，溜回已经关了灯的房间。

借着过道的余光，我看到已经重新背对着我躺下的小哥，昏暗中断断续续地传来一阵阵古怪的声音，仔细辨认，我才意识到，那是他强忍的压抑的哭泣。

4

我的心像是被狠狠揪了一下，五味陈杂涌上心头，愧疚、沮丧、失望、迷茫和心疼。我只顾着自己发泄，从未想过，我们走到这一步，都是他为了迁就和成全我，而这段时间，他也跟我一样的压力，甚至，比我更大。

我站在黑影里，听着小哥压抑的哭声，刚才在厕所里各种极端的想法忽然就烟消云散了，回想这些年小哥的不离不弃，我想现在的他，应该比我伤得更重，我后悔自己的冲动，我已经想好了，去他妈的创业，实在不行，明天就重新找份工作，过一辈子打卡的日子也没什么大不了的。

第二天小哥对这事只字不提，依旧拉着我到处奔走推销，几次我跟他说重新找工作的事，他都只有一句话："既然决定做了，就要坚持下去。"

这事过后，小哥一直不停地跟对方催债，在我们把最后一分钱花完之前，对方最终还是给我们打来了款项，但那并不是之前承诺的百分之十，只是缩水了几十倍的设计费，那美得冒泡的第一桶金，终是在我们心里冒了个泡而已。

设计费虽然不多，但也够支撑一段时间，那同事估计对没能履行合约感到愧疚，且小哥设计的能力也是有目共睹的，对方承诺以后他们公司的所有产品，都交由我们设计，每个产品按设计费用结算，这样一来，我们也算跌跌撞撞地重新走上了设计工作室的创业路。

产品是最好的名片，打开了市场和以前同事的介绍，越来越多的客户找上门来，我们各自都开始忙碌起来，算是走过了那段最落魄最窘困的日子。

我和小哥再没提过重新找工作的事，虽然我们还在为一日三餐辛苦，但比起那段掰着手指数余额的日子，终是好多了。

工作室的业务算是上了轨道，我和小哥丝毫不敢松懈，没有旱涝保收的日子，每天都要认真生活努力赚钱。我们都小心翼翼地没再提起那晚争吵的事，把所有的精力都用在赚钱上，因为我们不想这些年的感情，再被钱所伤。

第二十七章

有夫如此，妇复何求

1

工作室运行了一段时间，我和小哥也适应了这样的工作节奏，合理安排工作和生活，终于有了可以自己支配的自由时间。

只要我们愿意，我和小哥每天都可以睡到自然醒，当上班打卡的上班族提着早餐去挤公交地铁的时候，我和小哥正坐在窗边的餐桌上，听着优美的音乐，吃着自制的爱心早餐，然后再开始一天的工作。

当然也有焦头烂额的时候，为了一些着急的项目我们也会熬夜加班，看到奋战出来的方案得到客户的满意确认，心中的成就感便无法言语。这种自由的时间，有目标的生活和可触摸到的激情，就是我想过的日子。

以前在公司里，没心情没条件，我俩的厨艺就一直停留在煮泡面阶段，自己出来单干后，可以自由支配的时间多了，我们终于有了时间和精力来研究厨艺。

兴致好的时候，我俩还会手拉着手，一起去菜市场挑选新鲜的食材，然后再兴高采烈地回家一起对着食谱做一桌好吃的，我和小哥都是吃货，可以不穿好的，但不能不吃好的。

都说会吃就会做，本身的兴趣加上有了时间和精力，我迅速掌握了辣炒、红焖和清蒸等几种家居必备的基本款手艺，小哥吃得不亦乐乎，之前有所下降的体重，又有了爆表的趋势。

小哥在南方这么多年，依旧吃不惯南方的食物，看小哥想念北方的面食，也不知道是不是这段时间厨艺见长，我豪气万丈地对小哥说："老娘要为你做一顿北方面食！"

小哥一听很高兴，指着电脑图片上一个卷着牛肉的貌美卷肉饼说："这个。"

难得小哥这么看得起我，既然他敢点，我就敢做，只是不保证好吃，但小哥说了，只要我做出来，好不好吃他全吃。

冲他这句话，我脸都笑烂了，这还不简单，把面蒸熟就行！

实际上还真不简单，因为家里的锅一听说要拿它来做面食，竟然自残，坏了。

老妈让我拿着锅到小家电维修铺去修，锅是铸铁的，挺重，小哥说用尼龙袋子装吧，我嫌超市赠送的蓝色尼龙袋太土，偏要用一个印着格子纹有着巴宝莉风格的纸袋子来装。于是，小哥、老妈和我，拿着锅才刚到楼下，路过垃圾桶时，纸袋子的提手应声而断，锅子出乎意料又毫无悬念地摔在地上，彻底坏了。

我看着地上的烂锅傻眼了，老妈是急性子，当即就对着我嚷起来，我自知理亏，老老实实地接受挨骂，原本还要找地方修锅的我们也不用找了，把旧锅直接扔进了旁边的垃圾桶，直接奔着超市，买新锅去了。

回来的路上我越想越好笑，提着新锅笑了一路，老妈边骂我也边跟着笑起来，我偷偷地跟旁边小哥说："为了给你做顿面食，我算是下血本了，你要是不吃完，我跟你没完。"

2

虽然放出狠话，但别说春卷，任何面食我都没做过，以我妈有限的面食经验也给不了我建议，小哥怕我做得太难以下咽，为了在他能掌控的范围内，他提议要跟我一起制作大春卷，被我傲娇地一口回绝，我既然决定要自己干，就不要人插手。

我把新买的两斤装高筋面粉倒了大半袋进锅里，刚要顺手倒完，忽然想起电视上人家擀饺子皮的时候都是边擀边撒些干面粉防粘，于是我在最后一小半袋子倒完之前，机智地刹了车。

开工之前我还特意百度了一下，知道了大概的步骤：放面粉，加水，下锅烙。至于放多少面粉，加冷水还是热水，烙多长时间，我完全没注意。

倒了面粉，旁边烧的热水壶正好开了，我随手拿起来就直接浇在面粉上，倒水的时候我根本没数，感觉差不多了，等凉了气，揉了几下面，发现黏糊得根本团不起来，于是我又撒了点干面粉，还是黏糊，我又撒，就这样边撒边揉，直到感觉差不多了，才发现小半袋面粉几乎只剩下了一小撮。

家里没有擀面杖这种东西，我拿了一个红酒瓶，猛灌几口把最后的底喝完，趁着酒兴，开始擀面。

因为没有干过这活儿，我擀面的动作极其笨拙，出来的面片什么形状的都有，看我擀得如此随心所欲，小哥为晚饭捏了把冷汗，捂着脑袋出去静静，我在心中冷笑：一会儿吃的时候可别咬到舌头！

等把奇形怪状的饼烙好，我拿出秘制酱料老干妈，切好之前酱好的牛肉、卤蛋和小黄瓜，刷上酱的烙饼顿时从食物界一穷二白的矮丑挫变身成高富帅，物质这个东西，果然在什么界都是变身利器。

等我把一盘卷得像模像样的大春卷端出来时，小哥和老妈简直被亮瞎了，两个人迫不及待地咬上一口后便完全停不下来，以至于我开始出现幻觉，看到他们抱着我大腿说：女儿啊，你太厉害了，那新锅买得太值啦，我不应该骂你啊。亲爱的啊，你太厉害了，我找了你做女朋友真是太幸运了……

吃过这顿饭后，小哥对我这能做出这么好吃面食的南方人佩服得五体投地，夸我深藏不露，竟然知道用热水做烫面，让饼劲道有嚼头。

我没想到自己全凭感觉、随机操作的面食首秀竟然得到如此高的评价，我边心安理得地接受夸奖，边暗自思忖：烫面是什么鬼？

身体是革命的本钱，不管怎么样，当同龄人都在外面吃着没营养的快餐时，我们已经喝上了自己炖的汤，吃饱喝足再看看电视搞搞卫生，中国大多数打工一族梦寐以求的退休生活也不过如此了。自由工作虽然收入不稳定，但没有了很多上班的套餐开支，一个月下来，拿到手的钱跟上班时也差距不大，这样的状态，我也算挺满足的。

小哥的家人没想到我们真能顶住压力磕磕绊绊地把工作室开下来了，看我们再没有找工作的意思，也就没再逼小哥，进而又恢复了每个星期一个电话的频率，也开始逐渐地问我们的创业情况。

虽然我们报喜不报忧，但远在千里之外的他们也能想象到其中的艰辛，知道我们的进步和成绩，当然也觉得欣慰和高兴。虽然他们打心眼儿里还是希望我们能去找份稳定的工作，但我和小哥，已经打定主意，要走出一条让家人放心、自己开心的路。

看着家人逐渐的理解和接受，我拉着小哥的手，心里既高兴又感慨，回想起我和小哥出去推销自己产品失败的时候，在被人拒绝的时候，在被家人和朋友怀疑的时候，在被钱逼得走投无路差点儿顶不住又想重新去找工作的时候，那种感觉，现在想来，都是一种成长和考验，好在，我们都挺了过来。

第二十八章

无业游民的日常

1

小哥有三大爱好：买鞋、钓鱼和打（看）球。

这三个爱好中，能一直坚持着的，也就只有买鞋这一项。这充分说明了，无论男女，只有在花钱这件事上，能做到持之以恒。

发现了这件不得了的事之后，我默默地把它先藏着。当我再次被电视广告吸引，买了全套瑜伽装备练了两次之后，便按国际惯例把它堆在墙角留着沾灰时，小哥不出所料地又开始说我做事没有恒心，于是，我终于可以大言不惭地拿着这件事回击他：“你还不是一样？”

一脸发蒙的小哥显然没想到我还能抓住他的把柄，咳嗽了两声开始为自己辩解："我虽然不打球了，但我看球啊，看也是一种坚持和延续嘛。至于钓鱼，以前是因为上班没有时间更没有地点，现在既然你提出来了，那明天，我们一起去吧。"

"等等，我们？"

"对啊，你不是一直说要锻炼身体才买瑜伽装备的吗？既然你不练习瑜伽了，早上就跟我一起去钓鱼吧。"

我真想给刚才抖机灵的自己两巴掌。

晚上，小哥在工作台前拿着电钻对着几块木头和铁片又是刨又是钻，家里烟雾缭绕，我捂着耳朵问他在干吗，他说在做鱼饵，做明天去钓鱼的鱼饵！

木头和铁片的鱼饵？

第二天，小哥早早把我拖起来，大热的天，傻子才跟他一起在河边傻站着钓鱼，我打着哈欠摆摆手："我不知道在哪儿能钓鱼啊，你自己去吧。"

小哥不依不饶："一天之计在于晨，来来来，跟我一起出去锻炼锻炼。"

炎炎烈日，一大早太阳就刺得人睁不开眼，跟小哥奔走在泥水滚滚的河堤边，我深刻地领悟到有些逼是不能装的，本来只是在空调房里听几句说教的事，非要搞到现在劳民伤神的程度，唉，智商果然是硬伤啊。

河岸到处是禁止垂钓的标志，环境好点儿的地方全是市政建设，小哥为了表达自己是个意志坚定的好孩子，不达目的不罢休地拉着我骑着电动车转战野地河滩。我们兜兜转转找了半天，总算找到一处可以随意垂钓的地方，我捂着鼻子看着旁边垃圾满地的“免费钓场”，看小哥兴致勃勃地抛竿收竿，暴晒了一上午，我终于更深刻地理解了这句话：忍一时风平浪静，退一步海阔天空。

2

从那天开始，小哥的钓瘾被彻底唤醒，见人就问：“知不知道哪里能钓鱼？”

被问的人总会边摇头边反问他：“你怎么会喜欢钓鱼呢？那不是老头才玩的吗？”

每当这时，小哥就会耐心地跟人解释，钓鱼分很多种，他玩的不是中老年的垂钓，而是一种小众的，只钓食物链顶端食肉性的、高大上的、俗称水上高尔夫的路亚钓鱼。

别人听得一头雾水：“再高大上，那也还是钓鱼啊。”

小哥认真地坚持说：“不是，别人用鱼饲料和蚯蚓做饵钓，我用铁片和木头来钓，两者有本质的区别。”

对方认真想了一会儿，才一脸疑惑地说：“意思是，你钓的都是笨鱼？”

其实，我一开始也不相信小哥能用木渣和铁片钓鱼，直到我同学的朋友邀请我们去他在市郊那个废弃的鱼塘钓鱼，我才见识了什么叫高大上的铁片钓大鱼，笨鱼上钩。

一起去的朋友中除了小哥是钓鱼的，其他都是去玩充汽艇的，废弃的鱼塘边有个大水库，我们在汽艇里乘风破浪，只有小哥留在岸边抛竿收竿，等我们兜了一圈回来，小哥脚边的水桶竟然有了半桶大小不一的鱼，没人相信小哥是用铁皮钓上来的，纷纷怀疑他趁我们不在时，用了活饵。

恰巧这时，小哥把铁皮甩出去，没过多久，马上就有了咬口，小哥沉着冷静，要用事实来给无知的我们上一堂现代钓鱼课。等鱼咬实后，只见小哥一个收线，原本还有些松散的线立刻绷直了，人在岸上鱼在水里，双方相互拉扯僵持，鱼背不时浮到水面，露出墨绿色的鳞片，旁边观战的我们跟没见过世面一样激动得大喊大叫，纷纷跑过去看到底是什么鱼，饿到连铁都吃。

鱼的个头太大，出乎小哥的意料，鱼扯着线一直往水塘深处的水草上缠绕，想要把钩子和线挣脱下来，有人提议用大鱼抄子，没人想到小哥还能钓上需要用鱼抄子来抄的鱼，朋友一路狂奔回家，刚拿来鱼抄子，鱼已经被溜得精疲力竭，小哥一个用力上甩，一把将这条被他称之为红眼鳟的大鱼给拖上了岸。

大家围上来，纷纷拿出手机拍照，据说这种鱼很难钓上，这么大的更是少见，没想到小哥用一块铁就把它钓上来了。

围观的人啧啧称奇，吃饭的时候纷纷跟他讨教钓鱼技巧，小哥想发展钓友，不遗余力地从鱼类的分层、鱼饵材料的选择、拟态生物学再到制作过程，全都知无不言言而不尽，吃完饭后，原本只是我同学的朋友，便跟小哥熟了很多。

回来的路上我问小哥：“是不是只要按照你说的方法，用铁片就能钓上鱼？”

小哥傲娇地看我一眼：“当然不是。”

“哦？难道还有什么秘籍？”

小哥神秘一笑：“那是当然。”

我这人最受不了秘籍宝藏之类的字眼，急忙探过头压低声音问：“快告诉我。”

小哥拿出那枚钓上大鱼的铁皮鱼饵递给我，说：“自己看，小心上面的钩子。”

我拿着小哥自制的、二三厘米长的鱼形小铁片翻来覆去地看，也就是个普通的椭圆形铁皮上面贴了些反光性比较好的铝箔，没看出什么道道来，刚要转手还给他，忽然看到鱼饵右下方刻了几个很不起眼的字母，拿到眼前认真一瞧，这不是我名字的缩写吗？

“你竟然拿我去钓鱼？”

小哥小心翼翼地放好鱼饵：“舍不得孩子套不住狼嘛。”

我：“……”

3

我这个人做事很磨叽，以前在公司上班时还能有所收敛，现在自由了，拖延症更是一发不可收拾。最常见的就是晚上跟小哥说好第二天早上九点去哪儿，经常十一点都还出不了门。

在一起这么久，小哥也习惯了我的性子，但也会抱怨我说：“这世界上还有比你更慢的人吗？”

几天之后，表妹打来电话，说周末要过来吃午饭，大概十二点到。我和小哥晚上就计划好一大早去超市买新鲜的排骨回来煲汤，没想到遇到好看的韩剧，我一下看到深夜两点，第二天起床时就已经快十一点了，等我洗漱完毕，小哥已经坐不住了：“一会儿人就来了，我们还没买菜！”

我慢慢悠悠地摆摆手：“来得及来得及，相信我没错的。”

我俩快十二点才出门买菜，等提着菜回来已经快一点了，小哥脱下鞋就急忙奔进厨房，我招呼他先看会儿电视，休息下再干也不迟，小哥不理我，一个人在里面忙活。

等我们做好饭，已经又过了一个小时，小哥有些疑惑地看着墙上的挂钟：“你表妹不是说十二点来吗？”

我甩给他一个“你不懂”的表情：“她是我表妹，你应该按我的时间表来算。”

小哥恍然大悟，等到下午三点，饭菜都凉了，我给表妹打了个电话，她在那头满口歉意道：“我快到了，没想到被堵路上了，你们先吃哈。”

我和小哥其实一直没闲着吃小零食，肚子也不饿，小哥看看时间，心想这个点堵车也不会太厉害，应该也快到了，要不再等等？

我白他一眼：“堵路上的意思就是刚出门。”

直到晚上七点，表妹还没到，小哥把饭菜又热了一遍：“难道是我们听错了？你表妹是来吃晚饭的？”

半夜十二点，表妹依旧没出现。

第二天的中午十一点，表妹来电话，说她快到了，小哥看了我一眼，幽幽说道：“以后你表妹说来吃饭的时间，我们都要往后顺延一天。”

没有对比就没有赞美，从此以后，小哥时常赞美我雷厉风行。

第二十九章

钱在哪儿，心就在哪儿

1

小哥从跟我确认恋爱关系的第一天起，就把银行卡给我，让我掌管财政大权。

老实说，把钱放我这里，我要担保它的安全且还不能随意花，对我来说就是件吃力不讨好的事。况且我数学只停留在个位数的加减上，所以对于管钱这事，我根本不感兴趣。

但小哥一直在旁循循善诱：“你不理财，财不理你，你应该从现在起，就培养良好的理财观念和习惯，为咱俩的以后打基础做准备。”

当时刚满二十岁的我，听到小哥已经把我计划到了他的以后里，惊讶之余又好笑，怀着那么一丁点儿的感动，接过那张卡，美滋滋地翻开乱七八糟的钱包，把卡胡乱地塞进去。

看我接了卡，小哥开始进一步对我进行改造：“你要管钱，首先要把自己的钱包整理好，你看你，把整钱和零钱胡乱卷在一起塞进钱包，这样很容易搞混弄丢的，你要善于利用钱包里的隔层，把各个面额的纸币和卡分门别类放好。”

我狡辩：“买东西的时候，又提东西又拿钱，哪有时间一一放好嘛。”

小哥笑眯眯的答：“以后东西我来提，你就负责把钱收好。”

从此以后，只要跟小哥出去，我果然不必再提任何东西，我只要保证把出去和收回来的每张票子都整整齐齐地放在钱包里，并且把每个不同面值的票子放在不同一个隔层里，硬币另外放在一个小零钱夹里，不让它们不会弄丢就可以了。

江山易改本性难移，改变旧习惯的过程冗长而糟心，只要我又露出旧习性，小哥便立马在一旁提醒，直到我终于管好钱包后，小哥又跟我说：“你有空的话，可以看看理财方面的知识，以后咱家要是有了闲钱，你可以让它钱生钱……”

于是，在小哥的“督促”下，我又走上了自学理财的道路，多年以后，小哥跟我一起出门，再不用担心带不带钱，带多少钱的问题，他甚至还养成了出门不带钱的习惯，只要带着我，就有人给他提钱结账。当大家还跟在女友后面，屁颠屁颠地给女友刷卡结账的时候，他的女友就跟在他后面屁颠屁颠地给他刷卡结账了，那种感觉，用他的话来说：简直爽爆了。

俗话说，人无百日爽。

有次表妹来家里住，第二天起来发现我和老妈都出去了，只有小哥在电脑旁干活，她睡眼惺忪地跑出来问小哥吃早饭没，小哥说没有，然后表妹就放心地让他下去买两份早餐回来一起吃。

小哥听话地穿上鞋就出门了，三分钟之后又折了回来，表妹正拿着筷子等着吃早餐，而小哥两手空空的回来了，一脸窘迫地对她说："我忽然想起来了，我……没钱，你姐全拿走了，你能不能先借我几块钱，等你姐回来还给你。"

表妹被惊到了，掏出十块钱给他，小哥屁颠屁颠地拿着钱买回两份早餐，两人埋头猛吃，不发一言。

我刚回来，两个人就一起冲过来，小哥一脸着急地说："亲爱的，你快给我十块钱。"

我边脱鞋边问他："有吃有穿的，要钱干吗？"

表妹在一旁看不下去了，埋怨我说："你个女葛朗台，连十块钱也不给解小哥，如果没有我，他早就饿死家中了。"

我跟表妹解释说，小哥就是那种不想拿钱的人，表妹根本不信，并仗义地坚持不收小哥还给她的十块钱，还反复叮嘱他自己收好，以后留作私房钱。

经过表妹这个大喇叭的添油加醋广而告之，我从此多了个

“抠神”的称号，小哥为了补偿我，用他那十块钱私房钱，请我吃了九块九的冰淇淋降火。

2

我一直对吃辣和火锅情有独钟，上班的时候我就不止一次跟小哥说：“以后等咱有了时间，一定要去趟成都，把那里大大小小的有名气的火锅都吃个遍！”

现在有时间了，每次去人满为患的湘水缘火锅店里等位吃火锅，我都会跟小哥说：“等咱有了闲钱，一定要去趟成都，把那里大大小小的有名气的火锅都吃个遍！”

小哥问：“什么叫闲钱？”

我答：“就是躺在银行睡觉的钱。”

小哥问：“我们没有吗？”

我说：“有是有，但……不多啊。”

小哥又问：“够去一趟成都吃火锅吗？”

我没底气地说：“够是够……但……”

小哥：“一会儿回去就订票！”

我和小哥一毕业就工作，几乎没有正经旅过游，我虽然一直心心念念，但总是因为时间和钱犹犹豫豫，现在有了小哥拍板，我们立马迎来一场说走就走的旅行，在一个阳光明媚的日子，小哥带着我，我带着钱，欢快地向火锅之城奔去。

作为吃货，来之前我是认真做了攻略的，上面密密麻麻写满了各个响当当的火锅牌子的所在地，除此之外，还有各种当地美食的地址，我花了一周的时间，辛辛苦苦地做完这个攻略，拿给小哥过目邀功时，他看着满是美食餐厅的本子，幽幽地说了一句："这就是你花一周时间做的事？你直接打印一份成都市的餐厅黄页不就行了嘛。"

我一拍大腿："我怎么没想到，你为什么不早说？"

小哥云淡风轻地看着我："让你多动动笔，多用用脑，提前预防老年痴呆。"

我忍住掐死小哥的冲动，告诉自己，他之所以能顺利地活到现在，完全是因为我宽容大度的美好品质。

来到成都，可以毫不夸张地说，这里的空气都是火锅味儿的，特别是傍晚的街头，深吸一口，就能闻到各种涮肉、蔬菜麻辣混合交织在一起的火锅味道，饭点在街头走太久，眼睛甚至有种被辣到的感觉。

面对种类繁多、眼花缭乱的火锅，我们竟然无从选择，在成都旅行的一周，我们记住了豌豆凉粉味儿，记住了老妈蹄花味儿，记住了冒菜味儿，记住了成都老酸奶味，唯独就是特地来吃的火锅味儿没记住。

我们的每一天不是正在吃就正在去吃的路上，完全不同于别人旅游要看一下当地景点的路线，纯粹就是奔着吃去的。我什么都想尝，眼大肚窄左右为难，小哥看我纠结，甚是体贴道："难得来一趟，想吃什么就点什么。"

于是，每一顿我都欢快地点满一桌，各式各样都尝了个遍，然后剩下的就全交给小哥，于是在成都的那七天，小哥的肚子越来越大，越来越圆。

这种似曾相识的感觉就像是回到了大学时我偷着摸地给小哥增肥，一晃，已经过了十年。

我们把成都感兴趣的美食几乎尝遍之后，旅行也快接近尾声了。回来之前，愿望清单上的最后一件事就是到蜀九香尝尝传说中的正宗火锅味儿。我俩还没走到门口，就被排队的人群吓到了，原来成都的火锅店再多，吃火锅也是要排队的啊，只是这么长的队，得排到猴年马月？

最终，为了不遗憾而归，我们排了一个半小时的队，好在小哥机智地准备好了各种小零食，我俩在吃饭之前不至于饿到发飙，等总算进了店里，点的什么，吃得怎样已经忘了，唯一记忆深刻的是：能坐下来真的好幸福啊！

从成都回来后，我做的第一件事就是拉着小哥奔到湘水缘排队吃火锅，相对于要排一个半小时的蜀九香，湘水缘大半个小时的等待，简直就是毛毛雨啦！

吃了这么多天的麻辣味儿，小哥看到火锅都要吐了，跟我申请说：“亲爱的，能不能给我十块钱，我去旁边的小摊上自己吃个凉皮肉夹馍？”

我眼皮一翻，看凉皮摊上围着几个年轻小美眉，打趣他：“看到美女，心都飞了吧？”

小哥：“是啊，飞了。”

“飞到哪里了？”

“我的钱在哪儿，心就飞到哪儿。”

第三十章

二货先生欢乐多

1

我和小哥打算去考驾照。

本着就近原则，我们去了附近一家看起来不太正规、但名字叫“正规驾校”的门面打听价位。

牙齿发黄的校长摆出两份套餐：“一对一的‘精英套餐’，无须预约排队，随到随学，教练经验丰富，价格计时。一对N的‘学渣套餐’，需要排队等车等教练等很多东西，但，一次性交学费不算补考费。看二位聪明机智，精英团队欢迎你！”

我和小哥互看一眼，不约而同地拿起“学渣套餐”。

虽然不想承认，但小哥的领悟能力的确比我强上一大截，在我不是压线停车就是超宽距离停车时，他总能用他的迷之自信，把车停到标准的位置上。

小哥上手极快，迅速成为“学渣班里”的鸡头，为了不让我拖后腿，小哥还自己升级为助教，和教练一起对我特训，不可否认，在他的不懈努力下，我的技术还真是有那么一点点的进步了。

各种项目的勤学苦练后，就是盼星星盼月亮的路考，考试那天，我和小哥同时上场，相比他的自信满满，我看起来就像来交补考费的。

上车前小哥还不放心地对我叮嘱一句：“别紧张，大不了再考一次。”

一旁的教官插话：“对啊，就是多交六百块补考费的事，别紧张。”

什么？补考要六百块，这么多？

对于“抠神”的我来说，这简直是比考不过本身更不能接受的事好吗？

抱着坚决不能损失六百的决心，我豪情万丈地上了车，按着教练的指示操作车辆，因一路上脑中塞的都是对车管所暴利的愤愤不平，反倒忘了自己正在考试，直到最后把车停好下车，才猛然醒悟，浑然不知刚才自己这一路是怎么开过来的。

我屁颠屁颠地跟在考官后面，小心翼翼地问道：“考官，我这是过了还是没过？”

“没说你没过就是过了。”

我把这拗口的话细细分析了几遍，顿时欣喜若狂，我竟然过啦！我此时的喜悦，完全是因为保住了补考的六百大洋，跟拿到证没有半毛钱关系。

小哥从另一台车里下来，我一路激动地小跑过去邀功：“亲爱的，我省了六百块耶！晚上咱吃小羊排吧。”

小哥愣了几秒，不自然地挠了挠头：“那个……我没考过，一会儿帮我交六百块补考费吧。”

什么？你这个败家的玩意！

我掏出钱，心中滴血地数出六张交出去，心想这六张能买多少小羊排了啊！

一直作为学霸的小哥少有的失手，很没经验地拉下脸蹭过来讨好道：“晚上想吃什么，我给你做吧。”

我哈哈一笑：“不用做了，吃白粥就榨菜！”

补考后的小哥终于拿到迟来的证，他兴致勃勃地盘算着：“以后咱俩有两个本，一本拿来开车，一本拿来扣分。”

我瞥他一眼：“拿谁的来扣分？”

他一脸理所当然地看我：“你的啊。”

我不服：“我是一次就考过的，凭什么我的要用来扣分？”

他振振有词道：“我的可是加了钱的‘金证’，扣分这种事，当然要用你那本“平价”证比较合算啦。”

听起来好像真有那么点儿道理啊，我竟无言以对。

2

随着我和小哥经济的逐渐稳定，我跟小哥家人的关系也日渐好起来，经济决定上层建筑，真理啊。

我俩是南北结合，跟所有的异地恋一样，面临回谁家过年的现实问题。小哥不想再各回各家各找各妈，觉得生疏是因为接触不多，如果我想跟他的家人处好关系，就应该跟未来婆婆多接触，经过一番讨论，我俩决定：中秋回他家，过年在我家，隔年轮换，以彰显我们公平公正的心。

又是一年中秋时，我带着特产，再次跟着小哥回家。

相比第一次上门，或许因为磨合了这么久，也因为不是第一次来了，更因为我们终于走了自己想走的路，总之，这次再来，我已然没有了初次登门的惊慌焦乱，取而代之的，是对未来的信心和对婆媳相处这件事情的从容面对。

小哥的父母开车来接我们，车上我们相谈甚欢，言语里，他们已经不再纠结于我们创业的事，言谈中，说到我喜欢吃的口味偏辣，未来婆婆忽然说了一句：“咱娘俩一样。”

这句看似无意的话，却让我心中久久不能平静。

我想，她在说出这句话的那一刻，心中应该是接纳了我的，所以在说话的时候，才会自然而然地，有了一家人的味道。

不同于第一次登门，这次我明显有了回家的感觉，心中的感觉变了，跟小哥家人的相处也就自然了，不再担心独自面对长辈时的尴尬紧张，也不再刻意打扮掩盖，从心理上有了认同感后，我和未来婆婆也就打开了话题，从小哥小时候的糗事到当红明星的八卦，竟然也聊得热火朝天。

在小哥家住了几天，附近该逛的都逛了，解爸提出一个深得我心的建议：让小哥自己开着家里那台闲置的手动挡，带我去海边吹吹风，然后再带上我去尝尝我爱吃的当地羊肉串。

那台手动挡一直是解爸在开，这车被老油子司机磨得挡位模糊，功能不清，在这丘陵城市，车子不是正在上坡就是正在后溜，没点儿真本事，一般人还不敢动这车。

解爸很高兴地把自己曾经的爱车让贤给小哥，美曰其名：新手老车，最佳拍档。小哥深知这车的脾性而我不知，他极力推脱，说去海边坐公交车就行了，不用开车。我不懂小哥的心思，在小哥犹犹豫豫不想接的时候，我已经高高兴兴地帮他把钥匙接过来了。

3

在解爸解妈的注视下，小哥认认真真地把安全带扣好，我坐在副驾驶座位，半天只听车响不见车动。小哥汗都出来了，我也急得抓耳挠腮，心想这要是演砸了，小车被收回去就没车去兜风了。

就在我们和车子都快疯了的时候，解爸看不下去冲过来朝小哥吼道：“不放手刹你想咋走？”

原来如此！

手刹一下来，车子就颤颤悠悠地动了起来，慢慢消失在他们极其不放心的目光中。

会开车后，我才发现一件事，小哥是个路痴。别人家的情侣外出基本都是男人领路，我家正好相反，甭管走过多少遍的路，小哥下次该不会走还是不会走。

车子上了路，小哥才渐渐找到了感觉和方向，摸着方向盘，小哥叹气道：“这车太难开了，还是坐公交车好，只管玩就行了，现在开它出来，又要担心路又要担心车，关键这车还是老油鬼……”

我坐着说话不嫌腰疼：“行了行了，就当锻炼车技呗，再说了，就算是老油鬼，这一趟也喝不了多少油吧。”

也不知开了多久，看着似曾相识的街景，我不放心地跟小哥说：“这路我们好像刚才走过啊？”

小哥握着方向盘擦着汗：“是吗？难怪我也觉得眼熟啊。”

我一口血差点儿喷出来，据他自己说，这清真寺的羊肉串摊子就在他以前住的房子旁边，现在才搬了几年家，去了南方几年，换个交通工具就连以前的路都不认识了？

兜兜转转，我们终于在天黑前到达了卖羊肉串的夜市。

夜市人多车堵，小哥一个新手面对着车流开始犯怵，也罢也罢，这城市小道鸡肠，羊肉串摊点又是个人车混杂的汇集处，小哥的小车技，还是安全第一吧。我们把车稳妥地停到了离肉串摊点隔着两条街区的停车场里，然后拖着疲惫的身子走了两站公交车站的距离，到了餐馆，饥肠辘辘地等了半小时，终于吃上了羊肉串。

开着车子回来时没油了，又去加了油，小哥幽幽道：“去一趟海边，公交车两块钱，开车油费一百，停车费二十，吃肉串十分钟，来回路程两小时，以后咱出门，还是坐公交车吧。”

我看他一眼，说：“如果你不是路痴，车程和油费都能减半，如果你觉得这车不好开，那咱攒钱买辆好开的呗。”

小哥若有所思地点点头，开着车子回到家里的停车场，两边都停有车子，考验小哥车技的时候到了，我被光荣地派下来做肉眼雷达，小哥在车里紧张地抡着方向盘，生怕方向一歪就蹭到旁边的宝马同志。

停好车，我和小哥都松了口气，他指着旁边的宝马、奔驰、奥迪对我说：“这些车，你都看一下。”

我心中一动，凑上去问他：“是不是让我从中选个喜欢的以后好换车？”

小哥看我一眼，说：“我是让你认清楚这些牌子，以后你开车时要躲着他们，蹭到咱可赔不起！”

我：“……”

有这样的二货在身边，生活真是欢乐多啊。

第三十一章

结婚前，先了解他的家人

1

跟小哥家人住了一段时间后，我才发现小哥的父母是秀恩爱的高手。

有次看到解妈跟她的姐妹们喝茶聊天，张阿姨摸了摸手上的玉镯说：“我家老头画的画又升值了，就是太累，一天到晚都在画室里埋头创作，连话都顾不上说，我都要把饭送到他嘴边。”

李阿姨也颇为自豪道：“我家那口子自从在位置上退下来后，就迷上了古筝，一天在家啥都不干，一睁眼不是高山流水就是春江花月夜，别看他这么多年没碰乐器，那十来年的童子功可不是白练的，一上手就成谱，简直神了。”

解妈拢了拢新做的发型，叹了口气：“你们多好啊，都跟高雅艺术沾边，我家解老哥就俗了，成天就知道跟着我上超市，超市里的大姑娘小媳妇们一见他都跟见着亲人似的，都跟他腚后买东西，说他会挑，你说哪有男人干这个的？好不容易回了家，水都顾不上喝就钻进厨房做饭，家里一天三顿都归他管，看看，我这衣服又紧了，愁人。”

解妈说完，其他人都讪讪闭嘴了，明贬实褒，喂得一手好狗粮。

我不知道别人家的未来婆婆都跟媳妇儿聊什么，解妈跟我聊天的内容大概是这样的。

解妈问：“如果给你选，你愿意嫁给李敏镐还是都教授？”

我其实对两人都无感，但平日里老听解妈夸李敏镐帅，便投其所好，答道：“李敏镐吧。”

没想到解妈一噘嘴：“太没眼光了吧，都教授明显帅一些啊。”

“可是伯母，您之前不是说解爸年轻时帅得像李敏镐，所以你才嫁给他的吗？”

“是啊，所以你看你解爸变成了现在这个样子，你还敢选李敏镐吗？”

我：“……”

我没想到解妈移情别恋得这样快，在一旁默默地听着的解爸，满脸幽怨地把头上稀疏的毛发拨弄了两下，然后特意收腹挺胸地从解妈面前愤愤走过。

解妈思想前卫，有一天她问我："你觉得夫妻之间，和谐相处最首要因素是什么？"

我赶紧一本正经地回答："忠诚信任。"

解妈摇头，给了一个正解："是性生活。"

我干笑两声，尴尬得不知如何接话。

2

我不知道怎么跟未来婆婆讨论这个话题，解妈却兴趣盎然地招呼我："来来来，坐下咱娘俩聊聊。

我算着心里的阴影面积慢慢坐下。

解妈喝了口正山小种，慢慢开口："我和你伯父……"

我吓得赶紧打断："伯母，我想起来了，我衣服还没洗。"

"不着急，我现在跟你说的这个，比洗衣服重要一百倍。"

我只能又乖乖坐下来，硬着头皮听下去。

"我和你伯父每周……"

"叮叮叮……"

我一下了跳起来，兴奋得指着她的房间："您电话响了，我去帮您拿。"我一溜烟跑了，拍着胸口心想真是太险了，太险了。

解妈接完电话，又来找我：“刚才没说完呢。”

我汗都下来了，解妈问：“我刚才说到哪儿了？”

我只能硬着头皮回答：“您……您和解爸一周……”

“哦哦，我和你解爸一周有四天……”

一周四天？我眼都大了，这频率连小年轻都望尘莫及啊，真是有眼不识泰山啊，怪不得书上说秃顶的男人能力强，原来真是有道理的……

我脑中的小火车“呜呜呜”地火力全开，就听解妈继续说：“我和你解爸一周四天都手拉手去买菜，但是你以为我们感情好是买菜买出来的？不是，是给对方的包容！”

怎么不按常理出牌？

伯母，您说话时，思维能不这么跳跃吗？

晚上我跟小哥说笑提起这事，小哥一本正经地问我：“说谁年轻达不到一周四次呢？”

我哭笑不得，忽然发现，这母子俩的内核是一模一样的。

据说，解小哥没谈恋爱之前，和解妈的日常的对话是这样的。

解妈问：“你老实跟我说，以后找到老婆会不会不要妈？”

解小哥严肃地摇摇头：“妈，您把我当成什么人了？我是那种能找到老婆的人吗？”

跟我谈恋爱以后，母子俩的对话是这样的。

解妈说：“儿子，妈看上了一条裙子，你帮我下单吧。”

小哥看了眼已经开在电脑上的页面，皱眉头：“妈，不是我说您，这不是和您上周买的那条一样吗？”

解妈：“哪儿一样了？明明颜色就不同嘛。”

“……”

解妈看小哥不动，赶紧催促：“快下单，超过四点就不能当天发货了！”

小哥最讨厌重复消费，对解妈晓之以理动之以情：“咱不买一样的不好吗？您再看看别的，这个不买了。”

解妈看他：“真不买了？”

“不买。”

解妈一转身：“好嘞，你忙吧，我去找你媳妇聊聊你前女友的事。”

“……”

3

三天后，解妈拿着两件款式一样颜色不同的连衣裙跟我说：“解老哥最近去钓鱼晒得跟黑炭似的，我就穿这件深色的跟他去买菜，等他养白了，我再穿这件浅色的跟他去买菜。”

“……”

解爸解妈基本上去哪里都形影不离，解爸最喜欢干的事就是买买买，就算只是日常的买菜，也能买出大宗商品进货的感觉，有专门的售货员鞍前马后，每当这时，解妈总是无比傲娇地跟我说：“你解爸可是超市里一众大姑娘小媳妇的偶像啊。”

居家过日子，再和睦的生活也有磕磕碰碰的时候。

解爸有个习惯，喜欢收拾东西。只要他觉得乱的，全给收拾了，他的收拾是这样的，把堆在眼前的看着心烦的堆到别的地方，用个东西盖着，眼不见心不烦。

小哥的电脑桌在客厅，经常成为被收拾的首要场所，这就导致很多常用的东西经常找不到，小哥埋怨解爸乱动他的东西，解爸埋怨小哥不懂得收拾东西。

小哥虽然心里有怨言，却从没有一次当面说过解爸，也就晚上跟我吐槽发牢骚，看小哥每次找不到东西的闷闷不乐，我很不解：“你就跟伯父说让他以后别再收拾你那一个平方米的位置了，你能找到东西，他也没这么累。”

小哥摇摇头：“这是男人的更年期，不能说。”

有那么一段时间，解爸每天早上都要疯狂地把家里收拾一番，把原来堆在左边的东西堆到右边，把原来右边的东西堆到沙发下边，最后实在没得挪了，看着家里解妈辛苦养了七八年，搬了两次家都没舍得丢掉的三个大绿植盆栽嚷道：“把这些占地方的东西都丢外面去吧。”

当时正值寒冬，窗外飘雪，一直生长在外面的树木都冻成干了，何况是常年生长在温室里生长的娇贵盆栽，搬出去必死无疑。

我以为解妈会像以前那样数落解爸一顿，然后让他回房自己玩连连看，没想到这次，解妈竟然真的跟解爸一起，把自己精心培育了多年、长得枝繁叶茂的盆栽全都清了出去，没有一句埋怨和多余的话。

我很是惊讶。

回屋后偷偷问小哥：“伯母今天怎么了？在北方能把植物养得又大又好可不容易，伯父只是一时烦躁，等过了这段时间就没事了，伯母为什么会同意把那么漂亮的盆栽搬出去送死？”

小哥想了想，脱口而出：“这就是爱啊。”

我心里一暖，看到这个家里的人，我忽然明白了小哥这么有爱的原因。

第三十二章

十年之前爱上你，如今终于娶到你

1

创业的第三年，恋爱的第十一年。

一天，小哥在电脑旁干活，站起来伸个懒腰的空隙，随口跟我说：“咱看哪天有空，登记去吧。”

我正嗑着瓜子聚精会神地看韩剧，也没听清楚他嘟囔什么，头也不抬地点头答应了。

我俩的婚事，就这么草率地提上日程了。

从谈恋爱的第一天起，我和小哥就进入了老夫老妻模式，热恋中的他都极少跟我说情情爱爱的甜言蜜语，现在说到结婚也一样，没有任何浪漫的事情，就像一切水到渠成的事情一样，顺其自然而已。

小哥让我先去居委会办未婚证明，我问他打算什么时候登记，在哪儿登记，小哥寻思了半天，半征求半商量地问：“要不，回我家那边登记？”

其实在哪儿登记都无所谓，我知道小哥考虑的是他家那边还有爷爷奶奶，老一辈对这事比较在意，我妈这人挺开明的，虽然女儿远嫁而且登记和婚礼都不在娘家办，她还是笑得满脸褶子都舒开了，把我的手放到小哥手里，松了一口气：“货一出门，概不退还。”

我们年底才回小哥家，年初小哥就催我去办未婚证明，我们是异地结合，我在小哥家登记要先让我这边的居委会开我没结婚的证明以防重婚。

我说不急不急，现在才年初呢。

一听这话，我妈和小哥几乎同时跳起来指着我说：“就你那又拖又慢的性子，现在办可能都晚了！”

果然不出他们所料，直到回小哥家的前一周，所有证明才开全，老妈终于松了一口气，出发前一晚，悄悄跟我说：“你嫁到那么远的地方，老妈其实一开始是挺担心的，但看到解小哥对你这么好，我也就没什么好说的了，老妈知道你的脾气不好，嫁人以后不要再乱发脾气，这个世界上，可能再找不到比小哥对你更好的男人了，你要好好待他，你们幸福，我就放心了。”

心里五味陈杂，带着全家人的祝福，我跟着小哥回了家，在这之前，我和小哥已经商量好，婚礼从简。我俩都是怕麻烦的人，拍婚纱照嫌累，办酒席怕麻烦，更不愿意在一群亲戚朋友面前，秀套路一样的亲吻、戴戒指的恩爱。

不用大操大办，未来公婆也乐得清闲，在婚礼前的半个月，正巧小姑姑买了一只小泰迪照顾不了，老两口自告奋勇，把狗要了过来。

于是，别人家婆婆娶媳妇忙着写请帖定酒席的时候，我家公公婆婆忙着给小泰迪喂狗粮擦便便，别人家在忙着做各种人情记录开支的时候，他们忙着带着染病的小狗去打针输液，然后在距离结婚的日子还有一个星期的时候，从来没有大声吵过架的公婆，竟然一大早就大吵了一架，婆婆还因此大哭了一场，起因是一个没煮熟的鸡蛋。

在我和小哥距举办婚里还有一周的时间里，这对模范夫妻进入了空前的闹别扭状态，双双自动调到静音模式，对方说什么其实都竖着耳朵仔细听，但就是不说话，都等着对方主动先说话，像极了两个吵嘴后的年轻情侣。

父母的一系列反常行为让小哥纠结又别扭，竟然担心他们会不会在我们结婚前离婚，我哈哈大笑，告诉他，心理学上说，每个初当婆婆的准婆婆，都有一个心理接受过程，我的婆婆，或许只是还没做好当婆婆的准备罢了。

结婚前一天，吃早饭的时候，小哥夹菜时没把桌上的转盘转一下，让菜汤在桌上滴了一路，解爸数落儿子的时候，解妈也跟着附和帮腔，我和小哥相视而笑：老两口总算和好了。

2

结婚那天，我和小哥先去登记，然后再赶去酒店跟亲戚朋友碰面会餐。

一大早小哥就把我叫醒：“赶紧的，一会儿堵车就赶不及登记了。”

我一看表，这才早上五点半，迷迷糊糊翻个身，跟他说：“会不会太早了？”

他麻利地给我拿来衣服，套在我头上：“我都等了十年了，等不及了。”

我揉掉眼角的眼屎慢慢翻身坐起来：“你不会一晚上没睡吧？”

“睡了一会儿，但睡不着，怕今天会堵车，怕耽误登记，怕……”

我心里好笑：“恋爱十年了，你才紧张，咱俩刚好那会儿，怎么没见你紧张？”

小哥认真地说道：“就是谈了这么久，现在就要如愿了，才怕在最后关头掉链子啊。”

我：“……”

可能是太早的缘故，一路上畅通无阻，原本预想着一个小时的车程，半小时就到了。把车停到民政局门口时才七点整，我以为我们要盖首戳了，没想到进去一看，里面已经排了十几对登记的准夫妇。小哥紧紧地拉着我的手说：“看吧，早起的人才能娶得上媳妇儿。”

平日里多大场合都淡定的小哥，今天竟然紧张起来，而平时人多就紧张的我，反而淡定了。对我来说，这感觉就好像已经结婚了五十年的我们，来补办一张可有可无的结婚证而已。

等到正式上班，我们后面已经排起了长龙，等轮到我们，交了九块钱，递上两本红色的证件“咔咔”两下，我们就成了持证上岗的已婚人士。

民政局有个宣誓台，跟着一位办公人员朗读了誓言，对方帮拍张合照，就算走完程序了。我们读完后，小哥站着不动，后面等着的人太多，办公人员催我们赶紧让位，我刚想走，小哥拉住我，众目睽睽下，径直从口袋里掏出一对他自己设计定做的、刻着我和他名字的戒指，在誓言台上小心翼翼地给我戴上，然后又让我给他戴上，最后才郑重其事地跟我说：“谢谢你等了我这么多年。”

我握着他的手，认真地告诉他：“也谢谢你，这么多年一直没放弃。”

婚宴小而温馨，回来的路上，结了婚领了证，我就要正式管婆婆叫“妈”了，在这之前，我一直喊的是“伯母”。

我是个慢热又别扭的人，一下子没法改口，为了不叫，就尽量不跟婆婆说话，但同一屋檐下，哪能不说话，婆婆给了改口费，我拿着红包跟小哥商量：“你看这样行不行，我先还回去一半，然后等我做好心理准备，叫得出口的时候再叫，你觉得怎么样？”

小哥摆摆手：“不用还，你把钱给我，我帮你叫。”

“……”

半个月之后，我才慢慢改了口，生活在这个大家庭里，每个星期都有家庭聚会，这种热热闹闹其乐融融的家庭氛围，我很喜欢，也很珍惜。

对我来说，最大的幸福不过就是十年之前爱上你，十年之后还能在一起。十年里我们跌跌撞撞，相互扶持，在时间的打磨里看着彼此都变成了更好的自己。前路虽然漫长，但只要是跟着你在一起，我就无所畏惧。

图书在版编目（CIP）数据

爱情不过你有病我有药 / 牛莹著. — 南京：江苏凤凰文艺出版社，2017.9
ISBN 978-7-5594-0499-2

Ⅰ. ①爱… Ⅱ. ①牛… Ⅲ. ①长篇小说 – 中国 – 当代 Ⅳ. ①I247.5

中国版本图书馆CIP数据核字（2017）第116694号

书　　名	爱情不过你有病我有药
作　　者	牛　莹
责任编辑	丁小卉　姚　丽
选题策划	李　娟
封面设计	祎祎酱
版式设计	新兴工作室
出版发行	江苏凤凰文艺出版社
出版社地址	南京市中央路165号，邮编：210009
出版社网址	www.jswenyi.com
印　　刷	三河市中晟雅豪印务有限公司
开　　本	880毫米×1230毫米　1/32
字　　数	200千字
印　　张	8.75
版　　次	2017年11月第1版　2017年11月第1次印刷
标准书号	ISBN 978-7-5594-0499-2
定　　价	39.80元